华文图景

香香教你糖果妆

中国轻工业出版社

开场白

亲爱的大米们，我是最爱你们的小老鼠香香，许久以来多谢大家的支持，能够为你们唱歌，每一天我都觉得很幸福，以后也会继续加油的！

最近，常常有女孩子写信对我说："香香你的糖果妆好漂亮哦，我也想变得和你一样可爱。"其实想要变得可爱，真的一点都不难。糖果妆实际上是最自然、最随心所欲的一种化妆方法，只要掌握了基本要领，就可以根据自己的风格和喜好，画出最适合自己的妆容。

最典型的糖果妆，当然还是以糖果色为主，突出透明的妆感，搭配可爱的公主装扮，给人俏皮可爱、玲珑活泼的感觉，还可以搭配蕾丝缎带、小耳钉等配饰，增加你的甜美度。

妆容要点

底妆：明亮剔透、水润清新的面容。

眼睛：卷翘浓密的电眼睫毛，鲜艳明快的糖果色眼妆。

脸颊：洋娃娃般亲和力十足的可爱颊红。

嘴唇：水润甜蜜的糖果双唇。

只要将以上几点做到心中有数，你就可以随心所欲地在自己的小脸上好好精雕细琢一番了。开始也许会有稍许生疏感，只要多画多练，便可运用自如了。

我写这本书的目的，就是想将我的美丽经验介绍给大家，让爱漂亮的女孩子们，每天都有一个美丽的心情。下面，就让我从随身化妆包开始，将我的美妆周计划和我最喜欢的彩虹糖果妆介绍给大家吧！留心看哦，每一种妆容，都可以通过独特的技巧，展现出它独有的魅力，千万不要错过任何一个步骤哦！

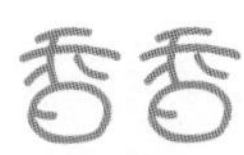

特别鸣谢：

服装提供

萨拜哩・hong 服饰

鼓楼出口成衣店

东街 100

杜・里安娜

May holic

天佑皮草服饰

场地提供

梦剧厂

目录 contents

附录 128

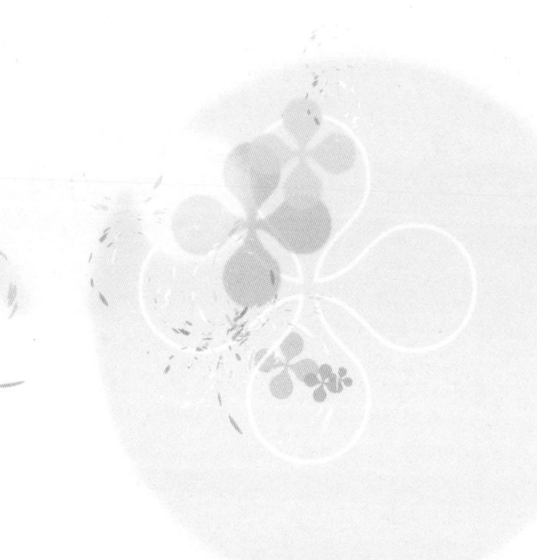

PART1

每个爱美的MM都会有一个漂亮的化妆包，里面通常都会鼓鼓囊囊塞满各种各样的化妆工具。

嗯，要注意哦，置办化妆包也是有学问的呢。

美丽武器之化妆包

平常MM们都会将化妆包放在随身携带的包包里，每天外出时，包包随着行动摇摆，化妆包就会在里面滚来滚去，与其他物品互相摩擦，很容易将边角磨破、包身磨脏，变得破旧丑陋。

选购

一个漂亮的化妆包会给我们带来愉快的心情。所以在选购时，要尽量挑选不带较硬的棱角的，精致小巧的款式，保证包包的美观。

要点1 耐磨

外皮最好选择耐磨的材质，否则很快就会破损，颜色也容易剥落。另外不要有过多的缀饰，以减小磨损面积。

要点2 轻便

越轻巧的材质携带起来越轻松省力。那么多化妆品本来就已经很重了，再加上其他物品，长时间户外活动时负担会很重。如果包包本身就不轻便，就会给自己增加无谓的负担。

要点3 小巧

太大了不便随身携带，太小的话又装不了多少东西，因此一般以18厘米×18厘米以内的尺寸最为合适，既不显笨重，又很能装。注意包包不能太扁平，要有一定宽度和容积，才能放进所有的物品。

要点4 多层

化妆品有大有小，种类也多，如果统统放在一起，既不便寻找，又让人心情烦躁。而像口红、粉扑这些怕脏、怕污染的物品更应该与其他物品分开放置。因此有很多分层或分区的贴心设计，让人一目了然，方便使用，还能保护物品不因彼此碰撞而破损。

要点5 实用

了解自己惯用化妆品的种类和形状，如果笔状物品和扁平彩妆盘居多，则适合多层扁平的包包；如果瓶瓶罐罐居多，则适合侧宽稍长的包包，让瓶瓶可以竖直放置，里面的液体才不容易渗漏出来，也可避免摩擦破损。

香香的宝贝

这是我的化妆箱，里面的家伙什儿可是一应俱全哦。因为做艺人的关系，需要的东西比较多，没有使用可以装在包包里的小化妆包。旁边白色的是装化妆刷的包包，有许多独立的小插槽，很好地保护了刷毛。

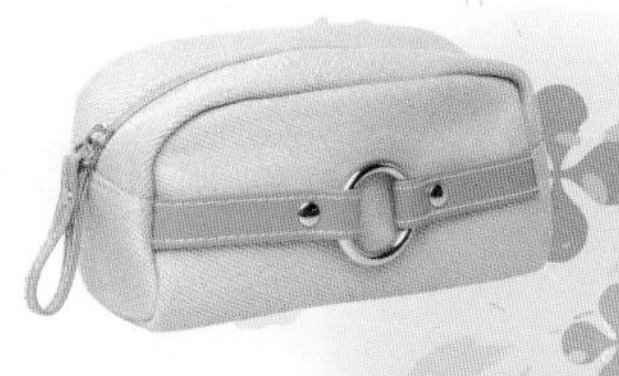

✤侧宽长，适合放进喷状化妆品的化妆包

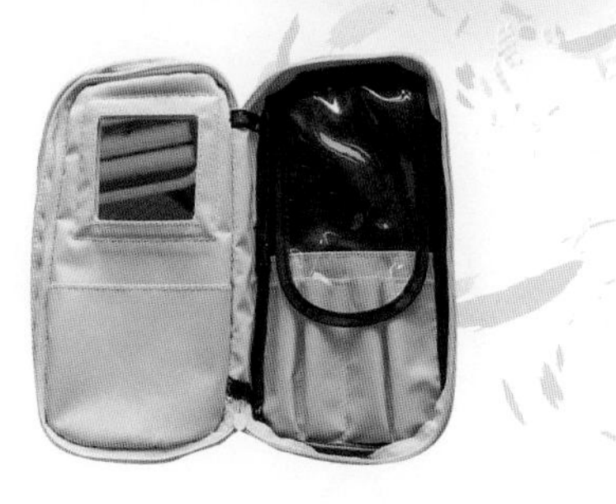

✤ 可分类放置化妆品的包包

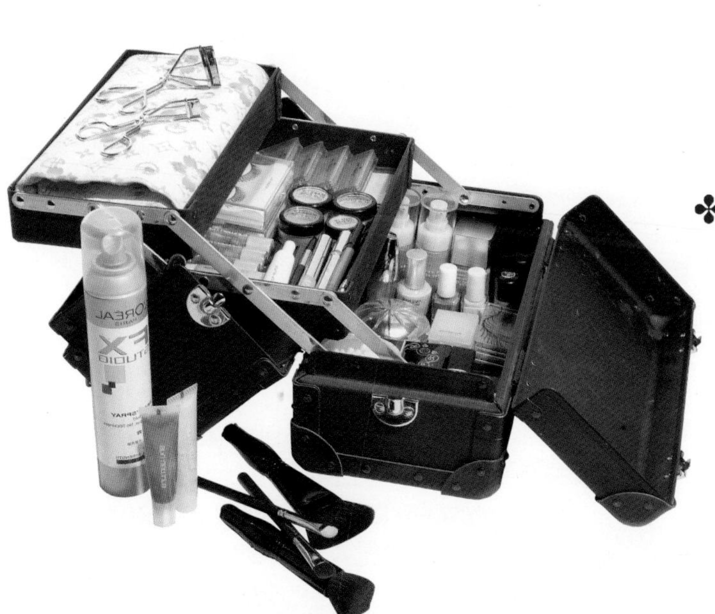

✤香香的化装箱

美丽武器之化妆刷

化妆刷的种类很多，每个人都会根据自己的化妆习惯挑选不同的刷子组合。但有 7 把刷子是必需的基础配置，那就是蜜粉刷、遮瑕刷、腮红刷、眉刷、眼影刷、睫毛刷和唇刷。选购时，要尽量选择结实饱满，柔软、有弹性、无刺激的动物毛刷，上妆时才能使妆容均匀服帖，不易掉粉。

常见材质

动物毛　貂毛、松鼠毛、山羊毛、马毛、猪鬃毛。貂毛是刷毛中的极品，质地柔软适中；松鼠毛毛质柔软，且比貂毛便宜很多；山羊毛使用最普遍，其质地柔软耐用；马毛质地比山羊毛硬，多用作眼影刷。

人造毛　多由人造纤维合成或尼龙制成。人造纤维比以上的动物毛硬，适合质地厚实的膏状彩妆；尼龙质地最硬，多用作睫毛刷、眉刷等。

分辨材质

用吹风机的热风吹刷毛，如保持原状则为动物毛，变型卷曲则是人造毛。

蜜粉刷

使用

用粉扑上妆，经常会有不均匀的现象，还会给人厚重感。想象一下，扑粉不均匀的脸颊，一笑起来，厚重部分的蜜粉便干裂掉落的样子…… 真是太可怕了。使用蜜粉刷完全不用担心这些，它的刷头很大，可以最大限度地蘸取蜜粉，松散均匀，不会将多余的蜜粉留在脸上，呈现自然清透的妆容。另外蜜粉刷还可以用来定妆，增加妆粉附着力，使妆面更加干净持久。

目前市面上的蜜粉刷，有锥形的，圆形的，扇形的。如果只用来刷蜜粉，可以选择刷毛大大密密的圆形刷，刷毛蓬松，蘸粉量多，容易上妆。如果你有时还用它来刷闪粉，则可以选择锥形刷，可以做好细小部位的处理。除了以上用途，如果你还想用它来打高光，那么最好选择扇形刷，既可以横着用打大面积的蜜粉，也可倾斜着打高光，还可以竖着用，处理鼻翼等细节部位。

选购

1.刷毛要结实，形状圆润饱满，触感柔软平滑。

2.用手指夹住刷毛，从根部到刷梢轻轻梳理，检查是否有掉毛。

3.将刷子轻轻按在手背上，画一个半圆形，检查刷毛是否整齐。

4.握柄笔直舒适，方便使用。

保养

一些品牌如倩碧等，有专业清洗剂，每次倒几滴，轻轻揉洗，再用冷水顺刷毛方向冲洗干净，吸去水分，再放平阴干即可。没有专业清洗剂，可以用温水稀释洗发水浸泡清洗，之后用冷水冲干净，放平阴干。每两周清洗一次即可。

收纳

有塑料套的要套好，放在化妆包内插笔状工具的部位，避免刷毛因摩擦而受损。

BOBBI BROWN 蜜粉刷

我使用的这款蜜粉刷毛质超软，蘸粉力佳，上妆均匀轻薄，即使是蘸粉饼使用也不结块。尤其适合眼角有细纹或干性肌肤的 MM。

遮瑕刷

使用

用来遮盖痘痘、斑点、黑眼圈等面部瑕疵的专用工具。刷头精细，能刷到难以触及的部位，遮瑕效果更加均匀自然。

选购

结构结实饱满，刷毛不易脱落，平滑柔软。握柄适手方便。最好选用尼龙刷毛，它比动物毛的蘸粉力更佳。

保养

平时使用后，在面巾纸上顺时针刷，将多余的妆粉擦去。每周定时用专用清洁剂或稀释洗发水清洗。

收纳

放在化妆包内插笔状工具的部位，避免刷毛因摩擦而受损。

Clinique 倩碧抗菌遮瑕刷

我使用的这款遮瑕刷刷毛非常柔软，又可以抗过敏，不会损伤肌肤。刷杆纤长小巧，也便于携带。

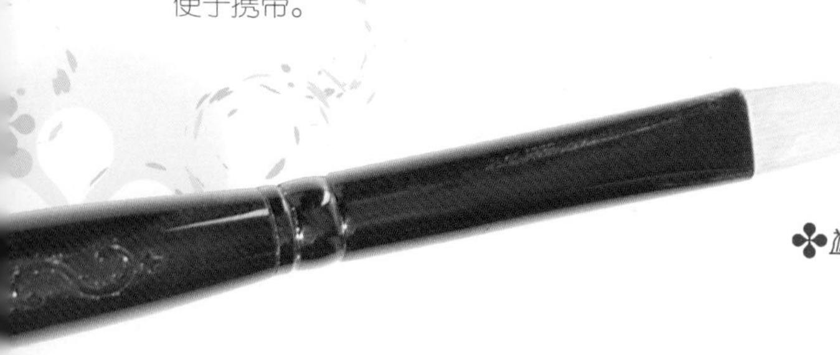

✤遮瑕刷

腮红刷

使用

不同形状的腮红刷用法不同，功能上却各有所长。掌握这些微妙的差别，能够帮助你顺利打造最佳的腮红效果。

圆头刷　大的圆头刷毛适合用来晕染，适合画自然可爱、一团团那样的苹果腮红。

扁头刷　扁头刷通常在面颊周围使用，以强调面部轮廓，适合画斜条状腮红及打阴影修饰脸型。

小刷头　局部使用，尤其适合在颧骨处涂刷含有珠光成分的腮红。

选购

1.刷毛要结实，形状圆润饱满，触感柔软平滑，避免上色不匀。

2.用手指夹住刷毛，从根部到刷梢轻轻梳理，检查是否有掉毛。

3.将刷子轻轻按在手背上，画一个半圆形，检查刷毛是否整齐。

4.握柄笔直舒适，方便使用。

保养

平时使用后，在面巾纸上顺时针将多余的妆粉扫落。每周定时用专用清洁剂或稀释洗发水清洗。

收纳

有塑料套的要套好，放在化妆包内插笔状工具的部位，避免刷毛因摩擦而受损。

MAC 168 大斜角轮廓刷

MAC 168 的白色刷毛都是小山羊毛做的，非常柔软。它虽然不是地道的腮红刷，但是用来刷腮红非常非常方便。斜角设计让你可以自由控制手势和角度，很容易地画出理想的形状。无论是团状腮红、斜角腮红，都可以很容易地画出。此外，还可以用来扫阴影、打高光，简直就是全能。

眉刷

使用

眉刷（眉扫）大多是由人造毛制成的，刷头偏硬，蘸粉力佳，可将眉毛刷扫整齐。蘸眉粉后顺眉毛方向轻扫，可使眉色深浅一致，自然明媚。

比较硬的刷头，刷毛较厚，适合画自然眉形。较软的刷头刷毛轻薄，可以用来细致刻画精致的眉形。

选购

要选择刷毛结实整齐，柔软而有弹性的。

✤腮红刷

✤眉刷

保养

使用专用清洁剂或温水稀释洗发液来清洗，既可以除掉残留物，又可以令旧眉刷恢复原样。

收纳

有塑料套的要套好，放在化妆包内插笔状工具的部位，避免刷毛因摩擦而受损。

MAC 266 眉扫

BOBBI BROWN 的 EYE BROW BRUSH

EYE BROW BRUSH用来画自然眉型，不用说，超级好用，BOBBI BROWN品牌的刷子一直都是爱美MM们的最爱。MAC 266用来画精致的眉型，其刷头喷水后还可以用来画眼线哦。

眼影刷

使用

眼影刷的种类很多，大小不一，用来配合不同的勾画技巧使用。大号眼影刷通常用来画浅色、大面积的眼影，可以一次就均匀地涂上颜色，覆盖整个眼窝；中、小号的通常用来画深色、小面积的眼影，落点准确，细致刻画；特小号的用于高光提亮以及定妆后细小部位的定妆。

需要注意的是，最好多准备几套眼影刷，上不同色系的眼影要用各自专用的刷子。没有条件的，至少也要准备两套，将深色和浅色区分开来，以保证色调的纯正。

✤从左至右依次为大号、中号、小号、特小号眼影刷

刷头有海绵头和毛刷两种。海绵头适合上霜质及液状的眼影，毛刷通常由小马毛制成，非常柔软，适合上粉状眼影。

选购

海绵头眼影刷最好选择可更换刷头型的，方便卫生。毛刷要选择刷毛结实整齐，柔软而有弹性的。

保养

小马毛的眼影刷没有必要经常水洗，只要保持不混色就可以了。平时可以用蜜粉来洗刷子。让刷子蘸满蜜粉，然后在面巾纸上来回扫动。多余的蜜粉会把颜色一起带走，当面巾纸上再没有颜色痕迹时就可以用来刷别的颜色了。海绵头的眼影刷最好每周清洗 1~2 次。

收纳

有塑料套的要套好，放在化妆包内插笔状工具的部位，避免刷头因摩擦而受损。

BOBBI BROWN 眼影刷

我使用的是 BOBBI BROWN 眼影刷套装，不但刷毛柔软好用，最重要的是不用花费精力挑选各种型号，BOBBI BROWN 的眼影刷每一把都有明确的用途，且只有那一种用途，非常适合初学者以及懒 MM 们哦。

✤BOBBI BROWN 组刷

睫毛刷

使用

现在的睫毛膏都是纤长浓密型，涂刷后睫毛通常都会粘腻成一绺一绺的，若是不小心蘸多了睫毛膏，睫毛甚至还会变成一坨一坨的，非常难看。这时候必须要使用睫毛刷，将粘腻在一起的睫毛梳开，并且梳掉多余的睫毛膏，使睫毛呈现自然纤长的样子。一些睫毛刷的外形就像睫毛膏附带的刷子，有的则是一把小梳子。使用前先蘸取少许蜜粉点在眼睛周围，可以防止刷开的睫毛膏屑掉落弄脏眼妆。

选购

睫毛刷要选择梳齿浓密的，这样才能最大限度地将睫毛梳理得自然。

保养

梳子状的睫毛刷每次使用之后，只要用纸巾把残留在上面的睫毛膏擦干净即可。睫毛膏刷状的睫毛刷则需要定期清洗。

收纳

将塑料套套好，放在化妆包内。

Tweezerman 睫毛梳

采用金属梳齿，间隔很小，可以轻松梳开粘腻的睫毛。清洁简单，用海绵蘸卸妆水擦一下即可。不用时还可以折叠起来，非常方便。

✤睫毛膏刷状睫毛刷

唇刷

使用

唇刷（唇扫）的毛质较硬，容易控制落刷点，无论是唇膏还是唇彩，都能轻松画出精致的唇型，双唇色泽饱满均匀，持久力强。

刷头有圆形、方形和尖头三种。推荐使用圆形的，方便大面积涂抹，也可用来勾勒唇型。方头刷容易刷出带棱角的唇峰，比较不好控制。尖头刷通常用来勾勒唇型。

选购

用双指按住刷毛前端，选择饱满且富有弹性的。刷毛要有韧性，但不能太柔软，否则着色不够饱满，也不利于勾画唇角。

保养

定期清洗。

收纳

将盖子套好，放在化妆包的专门区域内。

TIPS：化妆刷清洁后要自然风干，不可以用吹风机吹干，或放在太阳底下晒干，否则有可能会使刷毛受损。洗干净后，还可再用护发乳浸冲一下，会使刷毛更加柔软。

✤唇刷

香香的宝贝

Chanel 唇扫

这是一款尼龙毛的白色唇扫，带盖防尘设计，体积小巧，卫生方便。造型效果也不错。

美丽武器之 化妆棉

这里说的化妆棉，包括化妆海绵、化妆棉、粉扑、棉签，因为都属于洁肤及辅助化妆的工具，因此就放在一起讲了。

✤海绵

海绵

使用

化妆海绵有很多用途，作为一种既经济又实用的工具，它既可以用来洗脸，也可以辅助妆容。

使用洁肤海绵要比用手洗脸卫生得多，且更容易彻底清除面部污垢。其表面孔隙略为疏松，能温柔地祛除肌肤角质。底妆用的粉扑海绵，既可以用来上粉，也可以用来擦腮红以及涂唇膏，色彩柔和，充分与皮肤融合，不易脱落。

使用时，要选择干净的一面，然后把其分成4个区域，每次使用一个部位。使用四次之后要用香皂彻底清洗干净。另外洁面海绵每周只能用两次，否则皮肤会变得粗糙。

选购

1.挑选海绵时，要以触感和弹性为判定好坏的首要因素。摸起来应该有柔软的触感，并且富有延展性。

2.将海绵对折后搓一搓，没搓几下就掉海绵屑的不要买。

3.海绵怕光，商店里的灯光也有可能损坏它的质量，所以在购买时，不要拿前面经常受光的。

4.海绵有 5 种不同的质地。

a.细腻型：表面上几乎看不出什么空隙，摸起来很光滑。这种既可用于洗脸，也可打粉底。

b.粗糙型：表面空隙较大，去角质效果极佳。但是由于较粗糙，对皮肤伤害也大，不宜经常使用，以避免毛孔粗大。

c.干扁型：用木浆制作，外表平整，很薄，吸水性相当好。

d.圆厚型：通常是圆形块状，稍厚，吸收性强。用于化妆时修正细部的粉块或者擦除过多的粉底。略微沾湿后使用，可提高与肌肤的密着感。

e.便携型：条状，表面纹路较粗，吸水量没有干扁型多，一般适用于外出携带。

选择购买哪一种海绵，要根据自己的肤质和实际需要。

保养

1.每次使用后应仔细清洗。将它放在清水里轻轻搓揉，洁净后用双手压干，平放在干燥通风的地方阴干。

2.通常海绵的寿命大约为一年。若是每天使用，最好3~6个月更换一次，以确保使用质量。

收纳

洁面海绵要放在干燥通风的地方，避免阳光直射及受潮滋生霉菌。底妆海绵要放在化妆包的专门位置。

干湿两用海绵

这种海绵屈臣氏就有售啦，便宜又好用哦。

Tips：所谓“干湿两用”就是指既可以用于洁肤，也可以用作底妆粉扑。

化妆棉

使用

这种化妆棉是用来涂抹化妆水和卸妆液的，选择合适的化妆棉，能使肌肤更好地吸收水分，保持湿润。也可用于敷面膜、眼膜，卸除甲油等。市面上销售的化妆棉材质有脱脂棉和无纺布两种，应根据自己的需要选择。

脱脂棉较厚，触感柔软细腻，但吸水力较弱，化妆水消耗多，有时有脱屑现象。无纺布相对较薄，触感较粗，但吸水力强，节省化妆水。卸妆时应使用脱脂棉材质的化妆棉，不刺激皮肤。作为面膜或眼膜使用时，应使用无纺布材质的化妆棉，其材质较薄，能顺利将水分渗透到肌肤深层。用于卸除甲油时可将用过的任意材质化妆棉阴干使用（使用新的化妆棉用力擦除甲油时容易被弄破）。

选购

根据自己的需要酌情选购，屈臣氏、康乃馨、妮维雅、欧珀莱的都很不错。

保养

这种化妆棉属于一次性用品，用后即可丢弃。

收纳

放在干燥通风的地方，避免阳光直射和受潮。

丽丽贝尔化妆棉

我用的是丽丽贝尔化妆棉，不是很贵，三层式设计，最下面一层是粉红色的呢。柔软舒适，不但很省化妆水，而且怎么擦都不会起絮，很好用。

粉扑

使用

粉扑嘛，顾名思义，当然是用来扑粉的了。它的材质有很多种，有棉质、化纤或混纺材质等。皮肤容易过敏的人最好用纯棉质粉扑，以减少对皮肤的刺激。

在用粉扑扑蜜粉时，应准备大小两个粉扑。先用大的蘸取蜜粉，与小的相对按压一下后，用大的来扑大面积的部分，如前额、面颊等，小的用来扑细小的局部，如鼻翼、眼周围以及发际周围等。

选购

雅芳、屈臣氏有售。一般大品牌的粉饼里都会附带粉扑，质地还不错，如无特殊需要无需另行购买。

保养

每次使用后应仔细清洗。将它放在清水里轻轻搓揉，洁净后用双手压干，平放在干燥通风的地方阴干。棉质粉扑清洗后会变硬，用手揉搓柔软就可以使用了。

收纳

放在干燥通风的地方，避免阳光直射和受潮。若放在化妆包内，应有专门存放的位置。

DIOR 粉扑

我用的是 DIOR 粉饼里附带的粉扑，触感柔软密实，很好用。

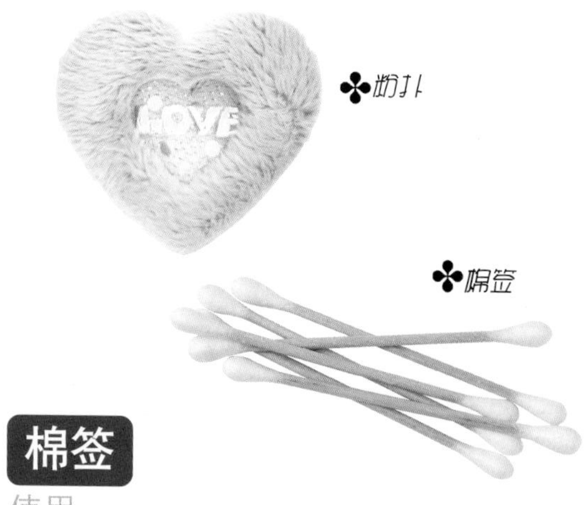

棉签

使用

别看棉签体积小，似乎微不足道，它可是修整妆容的重要工具哦，无论是不小心蘸到的睫毛膏，涂坏的眼线、唇膏，或是晕染妆容，都可以用它来解决。

选购

屈臣氏有售。

保养

属于一次性用品，用后即可丢弃。

收纳

用完后盖好盖子，放在避光、干燥通风处。

屈臣氏两用化妆棉棒

这种棉签两头的形状不一样，一头是尖的，用来轻轻擦掉蘸到的睫毛膏或画出界的唇膏等，一头是螺旋状的，用来涂匀眼影或修饰晕开的妆，很方便。

美丽武器之睫毛夹

拥有纤长、浓密而卷翘的睫毛是每一个女孩子的梦想，而东方女孩儿的睫毛天生刚硬平直，想要拥有卷翘的美睫，睫毛夹可是不可缺少的工具哦。睫毛夹有普通睫毛夹，电动睫毛夹，抗菌睫毛夹，局部睫毛夹四种，选一款最适合自己的就好了。

普通睫毛夹

使用

最常见的睫毛夹，有金属的和塑料的两种，金属的更好用一些。无论哪一种，位于夹口下方的橡皮垫的质量和形状好坏，都是评定睫毛夹是否好用的重要标准之一。

选购

1.睫毛夹的弧度要与眼睛接近，通常日本品牌睫毛夹的弧度更适合东方人。

2.检查睫毛夹上的橡皮垫是否与夹子紧密结合，并且结实有弹性，这样的睫毛夹才能将睫毛夹出漂亮的弧度而不必担心夹掉睫毛。

保养

用完后要用面巾纸擦拭睫毛夹。若习惯涂完睫毛膏后夹睫毛，用后更应该仔细擦拭，以免睫毛膏中的化学成分腐蚀橡皮垫。

收纳

置于化妆包内或干燥通风处，避免阳光直射。

电动睫毛夹

使用

采用电动预热，自动使睫毛达到自然卷曲的效果，快捷方便，效果持久。使用时要特别小心，不要烫伤眼皮。

选购

不要买一层夹的，要买两层夹的，效果超好。最好买知名品牌，用起来放心。

保养

用后待睫毛夹冷却，用面巾纸擦拭干净。若长期不用，应将电池取出。

收纳

置于化妆包内或干燥通风的地方，避免阳光直射。

抗菌睫毛夹

使用

可防止眼部感染，适合皮肤较为敏感的MM使用。

选购

这类睫毛夹的材质都经过抗菌处理，最好挑选令人放心的大品牌。

保养

用完后要用面巾纸仔细擦拭。

收纳

置于化妆包内或干燥通风的地方，避免阳光直射。

植村秀睫毛夹

资生堂局部睫毛夹

对于睫毛夹这样重要的用具，一定不要买便宜货，效果不好事小，将睫毛夹断、夹掉了可就事大了，严重的还会损伤眼帘肌肤，得不偿失呢。这两款睫毛夹，固然价格不菲，但是用起来很放心，效果自然卷翘，不管是中间睫毛还是不易夹到的边角，全部都翘翘的哦。

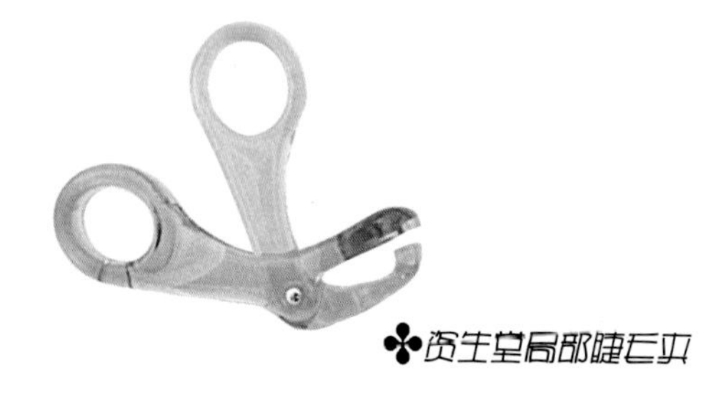

✤资生堂局部睫毛夹

局部睫毛夹

使用

体积小巧，用来夹眼头及眼尾处不易夹到的睫毛，使睫毛的弧度整齐统一。

选购

眼角和眼尾的睫毛往往是睫毛整体漂亮与否的关键，挑选局部睫毛夹时一定要选择带橡皮垫的，以免损伤睫毛。

保养

用完后要用面巾纸擦拭睫毛夹。若习惯涂完睫毛膏后夹睫毛，用后更应该仔细擦拭，以免睫毛膏中的化学成分腐蚀橡皮垫。

收纳

置于化妆包内或干燥通风的地方，避免阳光直射。

✤植村秀金属睫毛夹

美丽武器之底妆

底妆是彩妆的第一步，也是护肤的最后一步。如今的底妆已经不仅仅是遮瑕这么简单，更担当着肌肤革命的重任，集美白防晒、柔嫩保湿、抗皱修复等功能为一体，让最平凡的MM也能焕发出明星般的亮丽，完美的好肌肤，看来看去都不会倦。

粉底

使用

粉底是灰姑娘变成白雪公主最重要的武器哦。使用好粉底，是打造自然、无瑕妆容的基础。目前市面上有很多种粉底，其中最主要的只有液体粉底、膏状粉底、粉状粉底、双效粉底4种。

液体粉底效果自然光滑，细腻有光泽，遮瑕效果也好，素有“第二层肌肤”之称。通常有“水基”和“油基”两种。优质的液体粉底不但不会堵塞毛孔，控油效果反而更好。膏状粉底是最传统的一种粉底，也是大多数化妆师们最常用的粉底，其质地紧密，与肌肤结合得非常好，色调均匀，尤其适合偏爱自然容妆的干性皮肤MM。常见的有膏状粉饼和膏状粉条，后者主要用于遮瑕和局部调整。粉状粉底保湿效果不是很好，而且容易脱妆，如果皮肤较干或者不使用保湿护肤品，一定不要贸然使用，但用来补妆效果还是不错的。双效粉底上妆迅速均匀，兼具粉底和蜜粉的功效。

✤液体粉底

选购

挑选粉底一定要在两颌及下巴上涂抹试看，选择与自己面部肤色相近的，不然用后就会怪怪的，像是戴上了一层面具。另外要注意的是，各大卖场内都会点灯。白炽灯颜色偏黄，在这种灯光下选出来的粉底颜色会比较深，日光灯颜色偏白，选出来的粉底颜色会较浅，最好能在自然光下挑选。

✤粉状粉底（左）双效粉底（右）

保养

用完后要将溢出或撒出的粉底擦掉，扣好盖子。

收纳

置于化妆包内专门位置或干燥通风的地方，避免阳光直射。

Chanel 的 Double Perfection Fluide

这款纯净完美粉底液含有规律油脂分泌的成分，控油能力超强，清新舒适。用后肌肤柔软有弹性，还有一定的防晒效果。

遮瑕膏

使用

遮瑕膏是用来遮盖面部肤色暗陈不均（如眼角、鼻翼、唇角、下巴等）、黑眼圈、眼袋、痘痘、细纹的最佳武器。市面上的遮瑕产品超过数十种，有液体状、膏状、条状、乳霜状等等。如果色素不明显或粉底已经足够遮盖，就不用上遮瑕膏了。若用的部位太多，或者在某一个部位涂抹得过于厚重，反而会取得反效果。另外，遮瑕膏也不能被当作乳霜或者粉底来用，否则不但会显得生硬不自然，而且还会堵塞毛孔，引发肌肤问题。

选购

首先要选对颜色，与面部肤色越接近越好。若肤色白皙，则应选淡黄色的，若肤色黯淡，则应选择桃色的。

保养

用完后要将溢出的遮瑕膏擦掉，扣好盖子。

收纳

置于化妆包内专门位置或干燥通风的地方，避免阳光直射。

香香的宝贝

雅诗兰黛明眸遮瑕膏

因为经常熬夜工作，所以我选择了这款适用于眼周肌肤、能有效遮盖黑眼圈的遮瑕膏。遮瑕效果很好，而且很润，减少水分散失。有一定的防晒及抗养化作用。不过要使用随附的小刷子，并用指腹与棉签辅助推匀，才能达到最佳效果。

蜜粉

使用

蜜粉一般用来定妆，增加粉底附着力，使妆容持久，防止因为油脂和汗液分泌而引起掉妆。包括透明粉、彩色粉、亚光粉、闪光粉等。常用的有黄色、粉红色、肉色、紫色等。黄色和肉色比较适合东方人，肤色暗陈的MM也可以选择，妆感不重；粉红色是最自然的颜色，适合肤色偏白或偏黄的MM，如果你的肤色不是特别红，用粉红色肯定不会有问题。紫色适合肤色偏黄，又想有很白效果的MM。

使用蜜粉时蘸得越少越好。为避免用量过多，最好使用粉扑代替刷子。在额头、鼻子和有油光的地方轻按即可。

选购

1.用粉扑蘸取少量蜜粉，轻拍于手背，手背肌肤状态为正常湿润，然后观察是否服帖。另外购买时也要看它的遮盖力强不强。

2.用两个手指轻捏蜜粉，手感要细滑，柔弱无物。否则就说明颗粒太大，不易与皮肤融合，容易掉妆。

保养

用完后要将撒出的蜜粉擦掉，扣好盖子。

收纳

置于化妆包内专门位置或干燥通风的地方，避免阳光直射。

DODO 红色恋人

又称演员粉，是非常有名气的韩国蜜粉，可以24小时使用，用后毛孔细腻得跟隐形的一样哦。

✤DODO红色恋人

粉饼

使用

粉饼分干粉、湿粉、干湿两用粉饼。干粉的效果和蜜粉一样，起定妆、控油的作用；湿粉同粉底一样是用来打底的；而干湿两用的粉饼顾名思义，既可打底又可定妆，适合外出携带。

选购

要选择质地细腻，附着力强，控油性好，又具有提亮作用的粉饼。想省钱的话，干湿两用粉饼是最好的选择（不用再买粉底和蜜粉了哦）。

保养

用完后要将撒出的粉擦掉，扣好盖子。

收纳

置于化妆包内专门位置或干燥通风的地方，避免阳光直射。

Max Factor 铁盘蛋糕

以前用过的一款，是SKII 旗下的副牌，49克超大容量压缩粉饼，很省哦！亚光，遮瑕力强，也很服帖，可根据妆感需要加大使用量，可以达到不同的要求，很多化妆师和模特都非常喜欢。

粉饼

美丽武器之眼妆

俗话说“眼睛是心灵的窗户”嘛，每天与你谈话的所有人几乎都会首先注视你的两扇“小窗户”，楚楚动人的眼眸是展现美丽的第一步，即使是淡淡的眼妆，也能让你焕发出动人心魄的魅力。

美眉工具

使用

除了眉夹、眉剪、眉刀、眉刷等基本眉毛整形工具外，最重要的还是画眉工具，包括眉笔、眉膏、眉粉和眉饼等。选择眉笔时最好选择与自己发色接近的颜色，通常为黑灰色。眉膏和睫毛膏很相似，附有一支硬刷，可以将眉毛涂粗并适当整形，适合眉毛较细的MM。如果你喜欢清透自然的眉型，那最好选择眉粉或眉饼，用附带的小刷子少量蘸取，轻轻地刷在眉上，即可呈现自然的感觉。眉粉也可以湿用，以调整浓度和颜色。

选购

1.市面上卖的眉笔有尾端带眉刷的，有自动免削的，有带旋笔式自动削笔功能的等等，笔芯也是粗细不一，可以根据自己的需要选择。眉粉要选择质感细腻，易与肌肤贴合的。

2.颜色以接近发色为宜，稍淡些也可以。

保养

用后擦掉撒出的眉粉（膏），扣好盖子。

收纳

置于化妆包内专门位置或干燥通风的地方，避免阳光直射。

CHANEL 三色眉粉

有两套颜色可供选择，每套里面都有三种选择，可根据自己的发色或妆容随意使用，三种颜色相搭配，还能塑造出理想的立体眉型。另外附带放大镜，使用方便。

✤眉笔

眼影

使用

为了让美目绚丽地登场，眼影充当了浓密睫毛后的华丽背景。选择眼影要搭配肤色和穿着，丰富的色彩搭配起来千变万化，塑造出一个又一个妩媚精灵。中国女性眼皮较厚，眼眶浅，肤色发黄，为了避免显得肤色晦暗，双眼臃肿，尽量不要选择金银、艳蓝等颜色，当然，如果你皮肤条件好，化妆技术娴熟，还是可以搭配的。通常肤色较暗的MM应选择黄色、淡绿色系等，而肤色泛红的 MM 应选择淡紫色系等。

由于目前市场上销售的大部分眼影都是由滑石粉、蜂蜡、硅油或石蜡油、黏合剂、水、防腐剂和色素制成的，珠光眼影中还含有珠光剂，而深色眼影中还会添加少量铅化合物，这些成分都会对敏感、脆弱的眼周皮肤造成伤害。因此应尽量使用浅色眼影。

选购

应选择质地细腻、不易脱妆的，因为是用于娇嫩的眼部的化妆品，因此要尽量选择有质量保证的大品牌。

保养

用后擦掉撒出的眼影粉，扣好盖子。

收纳

置于化妆包内专门位置或干燥通风的地方，避免阳光直射。

✤植村秀单色眼影

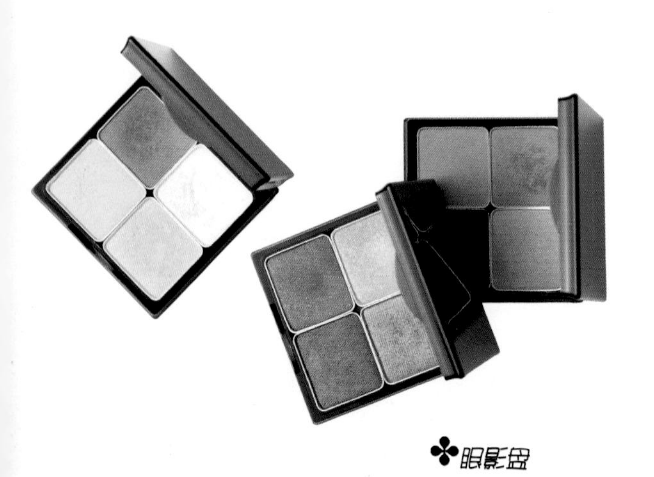

✤眼影盘

香香的宝贝

植村秀单色眼影

植村秀的牌子是大家公认的，用起来很放心。最新推出的这套单色眼影，一共有 108 种颜色和4种质感选择，可以随心搭配，与肌肤贴合很好，不容易脱妆。

眼线工具

使用

很多MM不习惯画眼线，其实画眼线可以让眼睛轮廓更清晰，更有神，只要掌握了工具的正确使用及画法，就会有非常不错的效果，是不画眼线的妆容根本无法比的哦。

眼线工具有眼线笔与眼线液两种。眼线笔的效果比较自然柔和，可以描绘睫毛根部这些小细节，而且可以晕染，制造不同的效果。眼线液的效果比较重，线条浓密，不太好掌握，不建议初学者使用。

选购

要配合自己的习惯选择浓淡不同、可否晕染的眼线工具，购买时要认真咨询店员。因为是用于娇嫩的眼部的化妆品，因此要尽量选择有质量保证的大品牌。

保养

用后扣好盖子，以免划断笔芯或眼线液变干。

收纳

置于化妆包内专门位置或干燥通风的地方，避免阳光直射。

Max Factor 持久防水眼线液

大品牌质量自是没话说。笔头细致，描绘出的形状精致漂亮，且可防水，不因眨眼或出汗而沾污下眼睑，适合每日工作时间很长的MM。

✤眼线笔

✤眼线液

睫毛膏

使用

睫毛膏是中国MM尤其不能缺少的美丽工具，因为中国人的睫毛普遍较西方人短且稀疏，涂睫毛膏是使睫毛变得纤长浓密的最好方法。即使没有时间全脸化妆，仅仅涂上睫毛膏，也会使人立刻精神许多。睫毛膏有防水与不防水的两种，不防水的卸装容易，防水的可以避免因出汗或淋雨而脱妆，但卸妆时要用专门的卸妆液，稍微麻烦一点。

选购

好的睫毛膏使用后感觉清爽不浓稠，还要有轻盈之感，避免压得睫毛上翘困难。刷头除应选择螺旋状外，还应以自己睫毛条件作为选择标准，刷毛不能太细软，以免断落。睫毛又粗又硬的MM应选择刷头较粗厚的睫毛膏，睫毛短细的MM应选择弧度小巧且有纤长、浓密效果的睫毛膏。睫毛实在不够卷翘甚至向下生长的MM应首先使用睫毛夹，然后选择刷头较宽、刷毛多且间隔大，并有卷翘、增长效果的睫毛膏。睫毛条件无可挑剔的MM当然是使用何种款型都可以啦。

保养

使用后应立刻旋紧盖子，以免睫毛膏变干及落尘，刷头不要碰触睫毛膏和睫毛以外的任何物品，以免沾污而滋生细菌。

收纳

置于化妆包内专门位置或干燥通风的地方，避免阳光直射。

✤睫毛膏

香香的宝贝

Max Factor 2000卡路里睫毛膏

牌子超赞哦，上面已经提过几款他家的东西了。这次的睫毛膏也很好用，使用的时候要多拉几次，会变很长，绝对没有“苍蝇腿”，还不会结块，根根分明。另外妆效持久，不会脱妆哦。

美丽武器之腮红

腮红的作用首先是表现健康红润的肤色，制造粉嫩透明的妆感。现在，腮红越来越多地被用来修饰脸形，调整面部轮廓，使双颊更具有立体美感。

使用

中国女性脸部轮廓不像西方女性那样鲜明立体，肤色也不如其粉红白皙，需要靠腮红来助阵，打造丰盈而动人的妆容。目前市面上的腮红主要分为橘色、粉红色、棕色系等，有胶状、霜状、粉状及液体四种，其中以粉状最为常用。

选购

要选择与自己的年龄、身份、服饰、场合、气质相协调的腮红。年轻女孩子适合浅淡腮红，如浅红、粉红、浅橘红、桃红等。中年女性应选择玫瑰红、豆沙色、砖红等深色腮红，衬托端庄典雅的感觉。白天上班或者外出时宜用浅色腮红；若出席晚宴、晚会则宜选择深色。

保养

用后擦掉撒出的腮红粉，扣好盖子。

收纳

置于化妆包内专门位置或干燥通风的地方，避免阳光直射。

✤腮红

Bobbi Brown 的腮红

效果就和芭比娃娃一样，贴合性很好，颜色也很自然。

美丽武器之口红

在所有化妆品中，口红是最受欢迎的产品。有个调查说："假如你只能拥有一个化妆品，那么你想要的是什么？"结果几乎所有人的都回答说是口红。这足以说明口红在女性的心目中的重要性。

使用

正确使用口红可以增加健康气色，使肌肤更显白皙细腻，整个人精神十足。选择口红要与肤色、妆色及服装相搭配。目前市面上的口红有唇膏、唇彩、唇冻、唇蜜等。唇膏是最原始最常见的口红，一般是固体，质地较唇彩和纯蜜干硬，用之前最好先涂润唇膏，优点是色彩饱满，纯度高，遮盖力强，而且不容易顺着唇纹外溢，非常适合用来修饰唇型和唇色。唇彩色彩丰富，通常附带唇刷。质地稀薄的脱妆较快，且有油光；质地厚稠的较前者妆效持久，涂上去亮晶晶的。唇蜜是软管状的，走珠口，也叫润唇啫喱，颜色通常较淡，看上去晶莹剔透，但遮盖力较弱，适合淡妆或裸妆。通常唇彩和唇蜜都会与唇膏搭配着使用，以弥补容易溢色、模糊轮廓的缺点。

选购

1.唇膏要买滋润性强的，以保持唇部水润。

2.具有防晒作用。

3.不脱色的亚光唇膏大多会造成色素沉淀，久了会加深唇色，而且含有苯酚，长时间使用容易使双唇变干，因此如无必要最好不要选择这种。

4.为避免加深唇色，应尽量选用浅色唇膏。

保养

用后立刻扣好盖子，经常擦拭盖口。

收纳

置于化妆包内专门位置或干燥通风的地方，避免阳光直射。

✤由上至下为：唇彩、唇蜜、唇膏

香香的宝贝

妮维雅水平衡润唇膏

欧莱雅凝养护唇膏

非常非常非常非常滋润哦，长期使用可以预防唇裂，涂唇膏之前涂上一层，唇唇舒服一整天。

Chanel 炫亮魅力唇膏

这一款质感很棒，柔滑细腻，颜色也很柔和。

Dior Voyage 系列唇彩盘

里面有6种颜色，稍带一点珠光。非常适合经常忙碌奔波的MM或旅行携带。

半透明的质感，超级水亮哦，不干也不油，很好用。

好了，全部美丽武器已经介绍完毕，让我们为初学化妆的MM们总结一下上妆次序吧。

① 护肤：清洁 → 化妆水 → 乳液 → 隔离霜

② 底妆：粉底 → 遮瑕

③ 眼妆：夹睫毛 → 眼线 → 眼影 → 睫毛膏 → 眉粉（笔）

④ 腮红

⑤ 唇彩

⑥ 修整

PART2

香香美妆 周计划

人们每天的生活规律而简单，但却并不单调，出席不同的场合、做不同的事情，要有相得益彰的打扮，不但会赢得众人的好感，还会给自己带来愉悦的心情。

利用糖果妆的不同妆款，也可以打造出风采各异的时尚可爱MM，帮你在各种场合中，赢得更多欣赏的目光！

星期一 Monday

明朗的一周晨会

今天早上要开会哦，起了个大早，赶紧梳妆打扮。想了想，嗯，今天的妆容应该是内敛而亮丽的，那就来个清新的果冻妆吧，以最认真的态度全力以赴，安排好一周的事情。

糖果妆之 清新果冻

收容内敛而精致，清新靓丽。既彰显出正式场合的稳重感，又不失年轻女孩儿的活泼青春。

主色调

以蓝色为主色调，突出职场女性的智慧美。

打造步骤

眼 妆

A. 眉毛

使用比眉色浅一点点或与发色一致的眉笔，沿眉头至眉尾按眉毛的生长方向描画出眉型，根根细细描绘可以让眉妆变得很精致，并塑造出眉毛的立体感。用眉笔或者蘸取眉粉补齐眉型欠缺处。

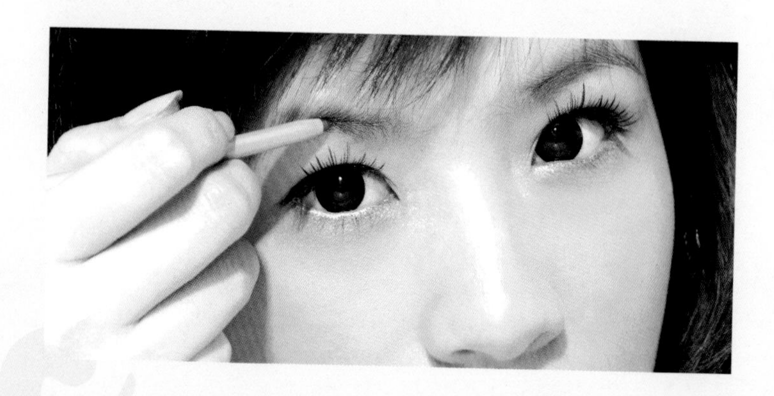

B. 眼线

用黑色眼线笔描画上眼线，以及下眼线的1/3 处至眼尾，然后用手指或棉花棒将其轻轻晕开，使其更加自然。

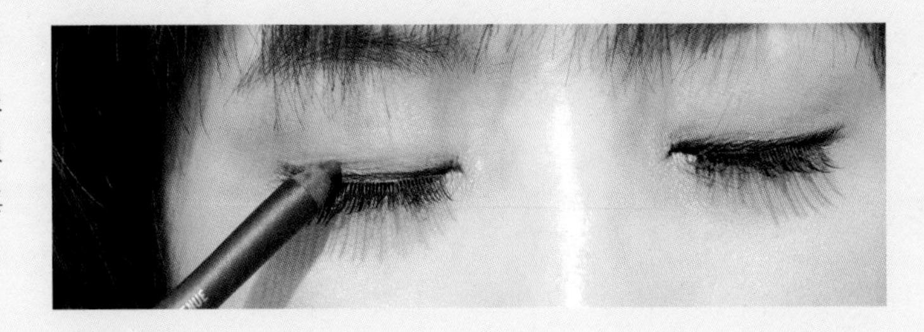

C. 眼影

1. 再用白色珠光眼影将瞳孔上方和眉骨处提亮。

2. 眼窝处大面积涂抹亮蓝色眼影。

3. 内眼角点缀银灰色，增添成熟感。

4. 下眼睑点缀淡蓝色与整体妆容相呼应。用最小号的眼影刷细细描画细节部分。最后用手指轻轻推匀并整理，使眼影过渡自然。

D. 睫毛

先用睫毛夹将睫毛夹得自然卷翘，然后选用纤长卷翘睫毛膏仔细涂抹，使双眸看起来更加有神。

腮红

先用浅粉色腮红打底，再用玫瑰粉色腮红在颧骨最高处晕染，强调立体感。

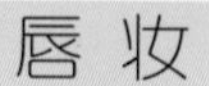

唇妆

选用淡粉色唇彩，知性感十足。

发型建议

方案一

头发松松盘起，露出几绺发尾的小发束，清爽而不失俏皮。

方案二

披肩长卷法，刘海用精致的小发卡松松别起，浪漫而不凌乱。

着装搭配

带蕾丝花边（或蝴蝶领巾）的白色衬衫，体现女性的娇美和浪漫的气息。

搭配黑色西服小马甲，显得简洁干练。

深色五分马裤，略带骑士风格，颜色与全身协调即可。

短粗跟带皮扣的长筒靴，长度要与五分裤相距2～3cm，露出一小块皮肤，增添女性的柔媚，颜色要与全身协调。

比衬衫略深而比衣裤稍浅的皮腰带，最好是不带金属钉的款式，带金属钉会显得嬉皮味道过浓。

亮闪闪的银质耳钉，与面色呼应，显示出主人的玲珑精致。衬衣领口最好别上一款漂亮的领针，会为整体打扮增色不少。

香香经验谈

带有些许骑士风格的服装在糖果妆的衬托下，多了一分俏皮可爱，冷峻的气势骤减，却依然保有一丝凝重，非常适合出席略微正式的场合（我们可不是欧巴桑哦，根本不用打扮得西装革履嘛）。

我还经常以这款妆容参加非正式的采访，问候家中长辈的朋友等等，既表现了对对方的尊重，又显示了自己青春与沉稳并存的气质。

星期二 Tuesday
精力充沛的课堂

今天要去上声乐课。虽然已经出了好几张专辑，新专辑《香飘飘》也赢得了大米们的认可，但我觉得自己在音乐的道路上还是一个新人，还需要不断地努力充实自己。今天第一天和声乐老师见面，一定要给以最精神的形象出现，给她留下个好印象，嗯，就画一个薄荷糖果妆好了！

糖果妆之 薄荷糖果

妆容青春靓丽，活力四射。凸显精力充沛的学生气质。

主色调

以绿、蓝色为主色调，突出青春与智慧的感觉。

打造步骤

眼 妆

A. 眉毛

使用比眉色浅一点点或与发色一致的眉粉，用眉刷从眉头至眉尾按眉毛的生长方向一根一根刷过，用眉刷补齐眉型欠缺处，不要太过浓重，只要塑造出眉毛的立体感就好，突出清爽而精神的校园气质。

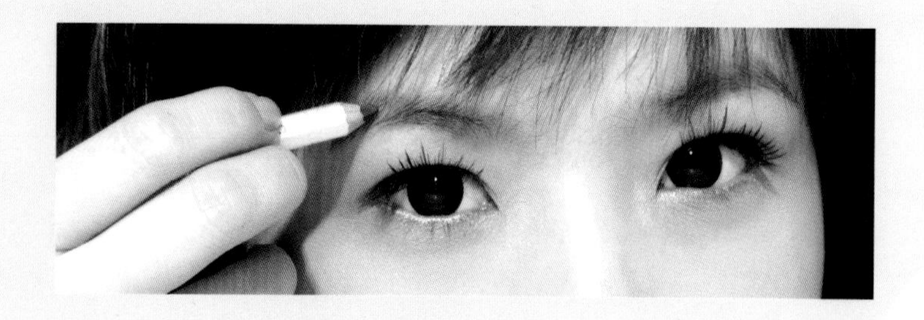

B. 眼线

用黑色或褐色眼线笔描画一条细细的上眼线，然后用手指或棉花棒将其轻轻晕开，使其更加自然。

C. 眼影

1. 瞳孔上方涂深草绿色眼影，并向两边稍稍晕染。

2. 内眼角涂白色珠光眼影，打造闪亮双眸。

3. 上外眼角涂抹亮蓝色眼影，与绿色仔细衔接自然。

4. 下外眼角稍稍点一点蓝色，与上方呼应。用最小号的眼影刷细细描画细节部分。最后用手指轻轻推匀并整理，使眼影过渡自然。

D. 睫毛

先用睫毛夹将睫毛夹得自然卷翘，然后选用纤长睫毛膏仔细涂抹，使双眸看起来更加有神。

腮红

选用粉色或橘色腮红，从笑肌处斜向后打到距鬓角两指处，可以打大些，覆盖整个颧骨，晕染自然。

唇妆

选用玫瑰粉色唇彩，知性感十足。

发型建议

方案一

用电夹板将长发夹直夹顺，发尾稍稍内扣，盈造轻松，自然的效果。

方案二

将头发以“Z”字形分成两束，各自移到胸前，用糖果发饰扎起。发尾可略微倒刮，制造蓬松感。

方案三

将头发分为上下两部分，下半部自然披散在肩上，上半部束成斜斜的马尾，扎口处系上白色长毛球（一定要像兔毛那样绒绒的，具有蓬松感的），并用梳子倒刮制造蓬松感。

着装搭配

方案一

白色与深蓝色细条纹高领蕾丝衬衣，条纹与格子最能突出学生气质，加上可爱的蕾丝花边和高领设计，小女生感油然而生。

深色迷你百褶裙，充分体现出女孩热情洋溢的青春。

高帮白色帆布鞋，校园气质十足。

配以黑色蕾丝挂珠大项链，可爱又时尚。

方案二

糖果色横条纹长袖T恤，外搭同色系或颜色协调的短袖数字T恤，浅色小方巾。突出浓浓的校园气质。

搭配牛仔短裙，展现青春的活泼和动感。

黑色紧身七分裤或长筒棉袜，增添可爱女生气质。

搭配高腰运动鞋，与全身气质相呼应。

糖果色大塑料包包，与服饰和妆容协调即可。

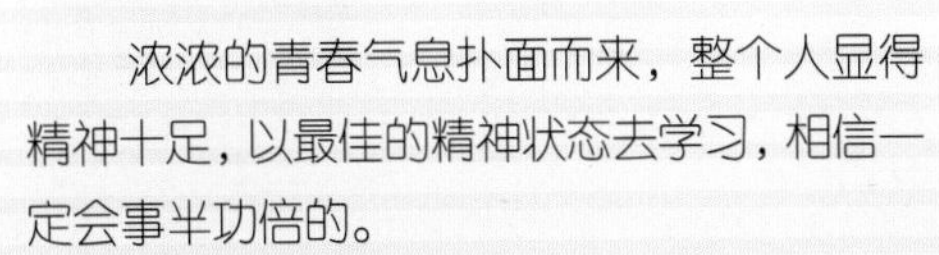

香香经验谈

浓浓的青春气息扑面而来，整个人显得精神十足，以最佳的精神状态去学习，相信一定会事半功倍的。

此款妆容不但适合校园，也适合去郊外踏青，享受大自然的清新与活力。

星期三 Wednesday

光彩明艳小天后

好紧张哦！今天参加一个新闻发布会，尽管出道已经有一段时间了，可是我还是有点害怕面对媒体，看着那么多的相机，心里紧张得差点说不出话。还好，今天画了个芭比糖果妆，明媚的妆容给了我自信，也赶走了我心中的不安。我想，以后我一定要更加努力，慢慢的，一定也会变成人们心中的明艳小天后，在摄像机面前泰然自若，充满自信！

糖果妆之 糖果芭比

妆容可爱精致，透露着浓浓的华丽感觉，芭比娃娃般的面容让人舍不得移开视线。

主色调

以经典的黑白两色为主，淡粉色和橘色为辅，打造骄傲高贵的天后形象。

打造步骤

眼 妆

A. 眉毛

使用比眉色浅一点点或与发色一致的眉粉，用眉刷从眉头至眉尾按眉毛的生长方向一根一根刷过，用眉刷补齐眉型欠缺处，塑造出眉毛的立体感。

B. 眼线

用黑色眼线笔描画浓重的上眼线，以及下眼线的2/3处至眼尾，然后用手指或棉花棒将其轻轻晕开，使其更加自然。注意晕开后仍然要保持睫毛根部的色彩的浓黑。

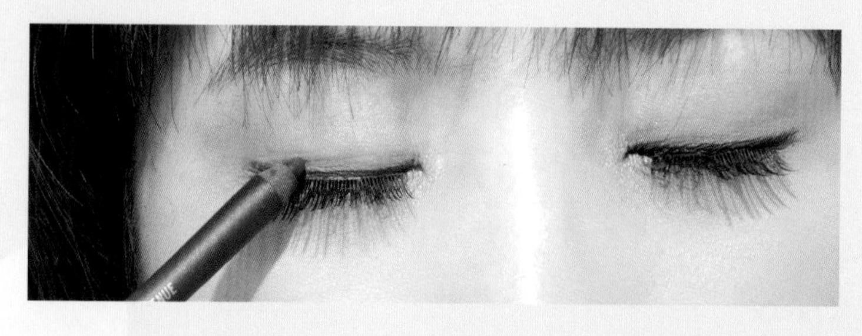

C. 眼影

1. 上眼皮用米白色珠光眼影做大面积晕染。

2. 沿下眼睑涂抹少许白色珠光眼影，与上方相呼应。用最小号的眼影刷细细描画细节部分。最后用手指轻轻推匀并整理，使眼影向上自然渐变消失。

D. 睫毛

1. 上眼睑贴上浓密的假睫毛。

2. 下眼尾处也要点缀几根假睫毛，营造芭比娃娃般的妆容效果。再用睫毛夹将睫毛夹得自然卷翘，然后选用有拉长效果的浓密卷翘睫毛膏仔细涂抹，使双眸看起来更加生动，魅力十足。

腮红

选用浅桃粉色腮红，小面积点涂。

唇妆

先涂橘红色唇彩，再涂一层透明唇彩，注意塑造出唇型，打造完美的糖果芭比妆。

发型建议

浪漫卷发在双肩自然垂下，饰以白色羽毛或精致的小皇冠，明星感十足。

着装搭配

方案一

黑色薄纱无袖上衣，搭配白色层纱短裙，尽显黑白经典搭配营造的高贵气息。

米白色长靴与主体色调统一，侧面烘托高贵的感觉。

饰以蕾丝挂珠长项链，凸显女性的娇美。

方案二

与发型和妆容相搭配的小礼服，不必太华丽，但要精致。

细跟的高跟皮鞋，色调与全身协调即可。

戴上亮晶晶的耳坠、项链、手环，不必太夸张，但一定要闪亮！

香香经验谈

芭比糖果妆是非常有质感的妆容，面部一丝瑕疵都没有，卷翘的浓密睫毛、丝绒般的脸颊，以及莹润的双唇，极尽明艳照人。一丝可爱，一丝妩媚，一丝神秘，一丝不羁，就是这款妆容给人的全部感觉。

芭比糖果妆还适宜出席Party或小型晚会，相信盛装打扮的你，一定是众人瞩目的焦点！

星期四 Thursday
甜美娇俏去约会

艺人的生活真的是很忙碌，连着工作了整整一个月，觉都没有时间睡够，今天终于告一段落，可以好好休息，玩耍一天了，好开心。左思右想，决定就去约会吧，好好放松一下，犒赏自己这段时间的努力！

约会，约会，元气充沛！画个甜美浪漫的粉红糖果妆吧，今天，是可以尽情享受的一天哦！

糖果妆之 粉红糖果

以粉红色系为主的混色糖果妆，突出甜美可人的形象，以烘托约会的浪漫气氛。

主色调

以粉红色系为主，蓝绿色为辅的混色搭配，尽显甜蜜与浪漫。

打造步骤

眼 妆

A. 眉毛

使用比眉色浅一点点或与发色一致的眉粉，用眉刷从眉头至眉尾按眉毛的生长方向一根一根刷过，用眉刷补齐眉型欠缺处，塑造出眉毛的立体感。

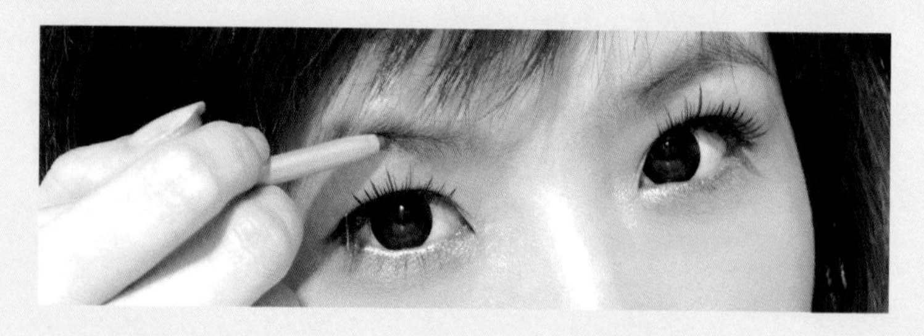

B. 眼线

用黑色眼线笔描画上眼线，以及下眼线的2/3处至眼尾，然后用手指或棉花棒将其轻轻晕开，使其更加自然。

C. 眼影

1. 用粉色眼影作大面积的晕染。

2. 将蓝绿色眼影涂于上下外眼角。

3. 内眼角处土灰色眼影，略微提亮。用最小号的眼影刷细细描画细节部分。最后用手指轻轻推匀并整理，使眼影过渡自然。

Tips：注意两种眼影的结合与过渡自然，可用粉色眼影在结合处清清扫一下，以手指推匀。

D. 睫毛

先用睫毛夹将睫毛夹得自然卷翘，然后选用有拉长效果的浓密卷翘睫毛膏仔细涂抹，使双眸看起来更加生动。

腮红

选用浅桃粉色，打造可爱的团状腮红。

唇妆

用紫色唇彩突出浪漫的气息。

发型建议

方案一

将两侧头发分束，用卷发棒由下向上并向内侧卷烫，营造浪漫的大波浪卷发带来的浪漫效果。

方案二

可爱伏贴的乖巧直发，刘海轻轻拨开，在耳际用粉红色的发卡固定。

方案三

浪漫的卷卷长发，在脑后将上半部头发松松束起，饰上精致的蝴蝶发饰，耳边各自然垂下一缕发束，约会的甜美味道十足。

着装搭配

方案一

米白色花朵纱裙，带来成熟浪漫的小女人感觉。

搭配白色大花头坡跟凉鞋，继续演绎浪漫童话。

配以紫色小毛皮外套，增添甜美指数。

方案二

深色约绉纱长袖合身上衣，重点突出女性柔弱、纤细的特质。

搭配浅色短襟短袖的阔口小外套，选用较为硬挺的面料，与里面的上衣形成质地与色泽上的对比，更加突出女孩儿妩媚。

深色短裙，款式与全身浪漫娇美的气质相呼应。

款式细腻的小腰链，增添腰间风情。

搭配小巧的短靴及同色系的手提包。

可搭配一条长丝巾，再次柔化外套的线条并形成对比。

香香经验谈

此款妆容浪漫感十足，不同质地的对比，更加突出女性的好身材和娇美气质。除约会外，同样适合逛街或与朋友小聚。

星期五 Friday
粉嫩面颊亲妈妈

好久没有与家人小聚了，每天忙于工作，奔波一天回到住处，只有在夜深人静的时候才能想着家里那盏橘色的小灯下妈妈的微笑和怀抱入睡。笨狗狗还喜欢咬我的拖鞋吗？爸爸还是常常看着电视就睡着了吗？我真的好想他们哦。回家吧，今天就回，画一个炫彩ＱＱ糖妆，打扮得天使般可爱，去见我最最亲爱的家人们！

糖果妆之 炫彩 QQ 糖

眼妆和面颊混搭多种糖果色，以自然的过渡相互融合，营造 QQ 糖般可爱的感觉。

主色调

以粉红色为主色调，营造家庭聚会的温馨以及和妈妈撒娇的甜蜜感。

打造步骤

眼 妆

A. 眉毛

使用比眉色浅一点点或与发色一致的眉粉，用眉刷从眉头至眉尾按眉毛的生长方向一根一根刷过，用眉刷补齐眉型欠缺处，不要太过浓重，只要塑造出眉毛的立体感就好，突出清纯的女孩儿形象。

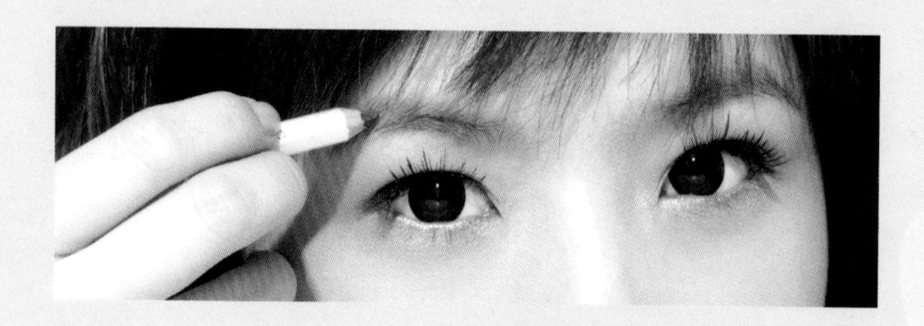

B. 眼线

用黑色或褐色眼线笔描画一条细细的上眼线，然后用手指或棉花棒将其轻轻晕开，使其更加自然。

C. 眼影

1. 用浅金色眼影作大面积的晕染，也可只涂抹上眼皮与眉骨处。

2. 眼窝及睫毛根处晕淡粉色（或淡粉紫色）眼影，睫毛根及前后眼角处要涂得较深些，下眼睑整体淡淡涂一层白色眼影，可以使眼睛看起来更大。用最小号的眼影刷细细描画细节部分。最后用手指轻轻推匀并整理，使眼影过渡自然。

D. 睫毛

先用睫毛夹将睫毛夹得自然卷翘，然后选用纤长睫毛膏仔细涂抹，使双眸看起来更加生动。

腮红

鬓角至外眼角与颧骨的垂直延长线交汇处之间涂橘红色腮红，微笑时颧骨最高点涂浅粉紫色腮红，两种腮红要结合自然，充满立体感。

唇妆

用梅粉色唇彩打造闪亮的可爱双唇。

发型建议

方案一

保留浓密的乖乖刘海，充满小女儿的娇俏。

将两侧头发先上下分成两部分，再将每部分前后分成一片片，用大号卷发棒横向夹起发片，向内侧卷烫，打造出错落有致的可爱卷发。

方案二

将头发分两束在耳后上方盘起，刘海自然垂下。可爱的团子头娇俏十足。

着装搭配

方案一

粉色格子的蕾丝薄纱吊带，凸显小女孩儿的可爱。

白色短裤和小凉鞋（也可搭配帆布鞋），温馨而俏皮。

搭配珍珠项链与手链，增添纯洁感和时尚感。

方案二

简单的“A”字连衣泡泡裙，有可爱而雅致的图案过底纹。颈上混搭几条装饰项链，使简单的“A”字裙变得不简单。

搭配同色系的泡泡袖的小外套，增加可爱度。

黑色丝袜及憨憨的小短靴，将女孩儿俏丽而单纯的气质表露无余。

戴上糖果色发饰和小耳坠，为可爱加分。

香香经验谈

可爱的小女孩感觉十足，带着这样的娇憨与妈妈撒娇再合适不过了，嘟起小嘴亲亲妈妈，真是世界上最幸福的事情了。

这款妆容适合与亲密的家人小聚。将发型与服饰稍微调整，也适合参加与朋友的聚会。

星期六 Saturday
清清爽爽去运动

要做一个百分百精致的女生，一定不能让自己的肉肉松松垮垮，尤其不能长出小肚肚和大象腿，所以，定期做运动是很有必要的。这个时候，画一款适合自己的糖果裸妆，脸上就不会因为出汗而显得脏乱，清爽又可爱。

糖果妆之 糖果裸妆

清透的妆容若有似无，整个人看起来既清爽又精神。

主色调

以贴近肤色的色彩为主，如浅咖啡色、浅橘色或棕色。点缀以浅粉色或浅橘色的腮红和唇彩，突出甜甜的糖果感觉。

Tips：淡淡的浅咖啡色眼影不但能够使眼窝看起来更深邃，还有掩饰眼部浮肿的效果哦！

打造步骤

底妆

想要打造一款精致的糖果裸妆，底妆的塑造最为重要，让妆容看起来明朗而清透的秘诀就是薄！薄！！薄！！！

A. 打粉底

选择比自己肤色稍微亮一点点的粉底作为基础粉底，从上往下，从中间往两侧轻轻推匀。选择比基础底色稍稍暗一点的粉底来塑造面部轮廓，轻轻以按压的手法涂于眼窝、鼻翼、下颌角等处。最后选择偏米白色的粉底来提亮额中、鼻梁、颧骨等高光处，强调面部立体感。注意，一定一定要涂抹均匀哦！

Tips：如果皮肤状况正常，可以选择液体粉底；如果肤色暗沉或有需要处理的瑕疵，则应选择稍具遮盖修容效果的膏状粉底。推匀时可以用手，也可以用海绵、粉底刷等工具，但我一般都用手指，因为手指有温度，可以使粉底与面部更好地贴融。如果想追求更加清透的感觉，使用植村秀略带粉底效果的防晒霜，就可以完全省略粉底这个步骤啦。

B. 遮瑕

如果有需要，比如有斑点、痘痘、黑眼圈等，可以使用一点比肤色略淡的遮瑕产品。但如果追求妆容的自然清透，也可以不用，毕竟健康自然才是最美的。

C. 定妆

用粉扑或蜜粉刷蘸取少量蜜粉，轻轻扑于面部。有条件的MM，眼部可以用专用的定妆粉，它的颗粒更加细腻，不会放过眼部任何一个褶皱哦。

Tips：如果用粉扑，蘸粉后要将粉扑轻轻揉搓一下；如果用蜜粉刷的话要弹一下刷头，让附着在上面的粉尽量的少，这样才能保证定妆后的妆容依然清透。不要害怕浪费，这是打造一款美美的裸装不得不付出的牺牲哦！

眼 妆

A. 眉毛

使用比眉色浅一点点或与发色一致的眉粉，按照原有的眉形，用眉刷从眉头至眉尾轻轻刷过即可。

B. 眼线

睫毛稀疏的MM可以用黑色眼线笔描画1/3～1/2的上下眼线（如果追求更加自然的效果，下眼线可以不画），然后用手指或棉花棒将其轻轻晕开。睫毛浓密的MM如果有自信就可以省略这一步喽。

C. 眼影

选用浅棕色或橘棕色的眼影，紧贴睫毛根处淡淡涂抹，一定要少而薄，面积不必太大。最后可以用最小号的眼影刷细细描画细节部分。

D. 睫毛

先用睫毛夹将睫毛夹得自然卷翘，然后选用纤长型睫毛膏拉长睫毛，使双眸更加明亮有神。

Tips：一定不要使用浓密型睫毛膏哦，很容易涂出“苍蝇腿”的！

腮红

在脸颊处淡淡晕染一层桃粉色或浅橘色腮红，要点依然是要薄到若有似无哦！

唇妆

轻轻点上一层无色或淡粉色唇彩，不要刻意勾画唇型，边沿最好能与妆色融合，这样不但可以使整个人看起来更加清透，还突出了糖果般的可爱感觉。

发型建议

将头发束成轻松活泼的小马尾，装饰有运动感的发饰，让你可爱而动感十足。

着装搭配

衣服不必刻意挑选穿，你最喜欢的舒服的运动装就好了。

香香经验谈

画个糖果味道的裸妆去运动，会让自己的心情也变得糖果般甜蜜，运动也会变得比较不枯燥了。

健身啊，打球啊，还有远足等等，都可以画糖果裸妆。另外，与长辈见面，参加正式会议等，只要搭配好衣着和发型，也很适合这款妆容。

星期日 Sunday
带着悠闲逛街去

今天与朋友约好去逛街。虽然没有想好要买些什么东西，但是很享受两个人无忧无虑，自在闲逛的感觉。嗯，就穿上最休闲的衣装，画一个棒棒糖般绚丽的魔幻妆容吧，在每一条走过的大街上，留下女孩子青春闪亮的痕迹。

糖果妆之 魔幻棒棒糖

夺目而靓丽，个性而自在，如同棒棒糖般多彩而甜美，让人心动。

主色调

以蓝色、粉色为主，黄色和白色作为点缀，强调魔幻的个性色彩。

打造步骤

眼 妆

A. 眉毛

使用比眉色浅一点点或与发色一致的眉粉，用眉刷从眉头至眉尾按眉毛的生长方向一根一根刷过，用眉刷补齐眉型欠缺处，塑造出眉毛的立体感。

B. 眼线

用黑色眼线笔描画上眼线，以及下眼线的1/3至眼尾处，然后用手指或棉花棒将其轻轻晕开，使其更加自然。

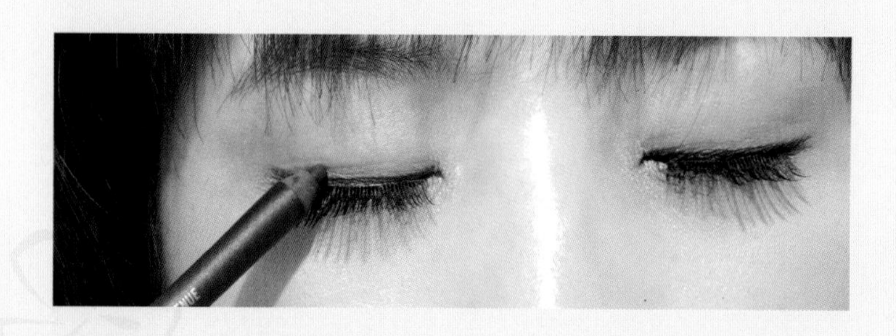

C. 眼影

1. 用蓝色珠光眼影作大面积的晕染，也可只涂抹眼窝处。

2. 内眼角上方涂黄色眼影，下方用白色眼线笔稍加勾勒。用最小号的眼影刷细细描画细节部分。最后用手指轻轻推匀并整理，使眼影过渡自然。

D. 睫毛

先用睫毛夹将睫毛夹得自然卷翘，然后选用卷翘浓密睫毛膏仔细涂抹，使双眸看起来更加生动。有需要可以使用假睫毛，使睫毛看起来更长更翘。

腮红

选择樱桃红色腮红，以点涂的手法涂于两颊。

唇妆

用透明珠光唇彩打造闪亮的个性双唇，淡淡的颜色或干脆无色，使整个面部妆容看起来浓淡有致，充满变化和层次感。

发型建议

利用卷发棒将发尾微微烫卷。

将上半部分头发束起，做出蓬松感，余下的头发自然搭在双肩，并用啫哩膏或发蜡轻抓塑型。

饰以淡蓝色发饰，呼应整体妆容。

着装搭配

方案一

“V”字领黑蓝条纹针织长衫，搭配深蓝色水磨牛仔短裤，清爽而敏捷，休闲感十足。

搭配白色皮质兼金属链腰带和米白色长靴，点亮整体服饰，使其不致过于暗哑。

方案二

白色或浅绿色高领蕾丝衬衣，妩媚感十足。

黑色双排扣大翻领束腰风衣，面料要硬挺有型。

合身的咖啡色靴裤，款式简单，突出简约的休闲风格。

与全身装扮风格统一的马靴，是时尚女孩儿们的标志性穿着。

搭配一条彩色的长围巾，松松围在颈上，两端搭在胸前。鲜艳的颜色打破了衣装的素雅，显得活泼靓丽。

香香经验谈

的确是很时髦的搭配哦，混合一点中性美，个性中流露着随意，是最引人注目的打扮。

此款妆容也适合出席小型Party或与朋友一同去热闹的地方游玩。

NO-1

NO. 2
NO. 3
NO. 4
NO. 5

PART3

香香彩虹糖果妆

除去以上七款应景妆容外，糖果妆其实还可以有更丰富、更可爱的变化。我喜欢彩虹般的妆容，一种妆容就是一种心情，赤、橙、黄、绿、白、蓝、紫，就像我们的生活，有着各种各样的味道与回味。而每一种，都代表了一份精彩，一种心情，一段回忆。

粉嫩草莓糖

这是一款以粉红色系为主的妆容，抛却繁复与成熟，塑造清纯可爱的女孩儿形象。一个如同草莓糖般可爱的小淑女，就要新鲜出炉啦！

主要装备

粉红色眼影和白色珠光眼影、淡粉色腮红，淡粉色唇彩和无色唇彩。

打造步骤

眼妆

A. 眉毛

使用比眉色浅一点点或与发色一致的眉粉，用眉刷从眉头至眉尾按眉毛的生长方向一根一根刷过，用眉刷补齐眉型欠缺处，不要太过浓重，只要塑造出眉毛的立体感就好，突出清纯的淑女形象。

B. 眼线

用黑色或褐色眼线笔描画一条细细的上眼线，然后用手指或棉花棒将其轻轻晕开，使其更加自然。

C. 眼影

1. 用桃粉色眼影作大面积的晕染。

2. 内眼角涂抹白色珠光眼影，粉色与白色搭配显得格外清新可爱。用最小号的眼影刷细细描画细节部分。最后用手指轻轻推匀并整理，使眼影过渡自然。

D. 睫毛

先用睫毛夹将睫毛夹得自然卷翘，然后选用纤长睫毛膏仔细涂抹，使双眸看起来更加有神。

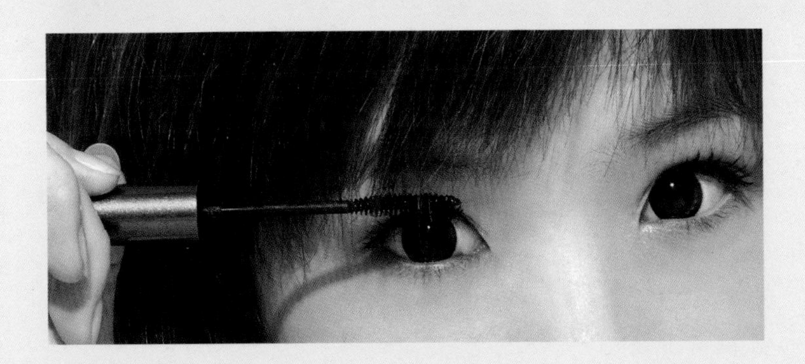

腮红

选用浅粉色腮红，晕染成团状。

唇妆

先将无色唇彩涂于唇中部，再用淡粉色唇彩描绘轮廓，两种颜色要过渡自然，才能打造出富于变化的立体唇妆。

发型建议

利用卷发棒制造出蓬松自然的发型，发梢微微卷成大波浪状，为甜美的感觉加分。

着装搭配

乖巧的淑女装，以白色和粉红色为主色调，搭配粉嫩的糖果色小耳坠和手环。

甜美橙子糖

以橙色系为主的甜美可人的形象，就是这款妆容的打造目标。温暖的感觉始终伴随左右，亲切感十足，这样的女孩子，谁见了不喜爱万分呢?

主要装备

米白色和浅金色眼影，浅粉色和浅橘色腮红，橘红色唇彩。

打造步骤

眼 妆

A. 眉毛

使用比眉色浅一点点或与发色一致的眉粉，用眉刷从眉头至眉尾按眉毛的生长方向一根一根刷过，用眉刷补齐眉型欠缺处，不要太过浓重，只要塑造出眉毛的立体感就好。

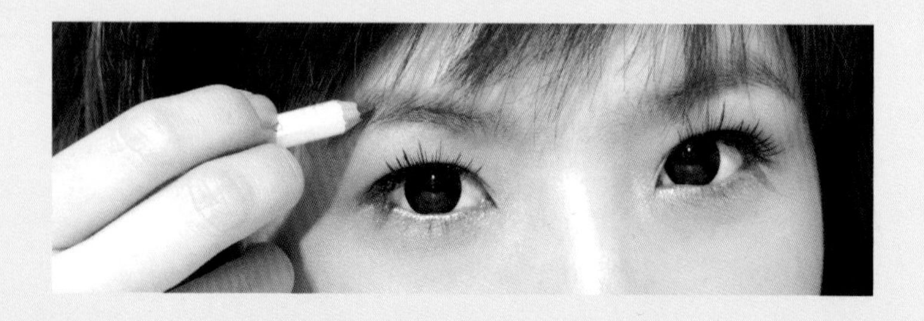

B. 眼线

用黑色或褐色眼线笔描画一条细细的上眼线，然后用手指或棉花棒将其轻轻晕开，使其更加自然。

C. 眼影

用浅金色眼影作大面积的晕染。再用米白色眼影提亮瞳孔上方和眉骨处。用最小号的眼影刷细细描画细节部分。最后用手指轻轻推匀并整理，使眼影过渡自然。

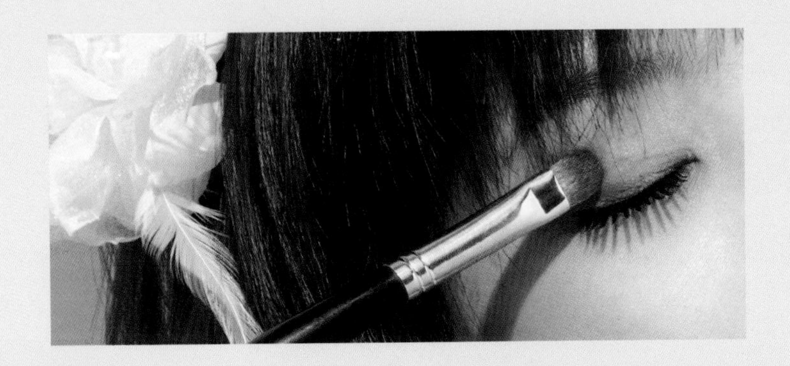

D. 睫毛

先用睫毛夹将睫毛夹得自然卷翘，然后选用纤长睫毛膏仔细涂抹，使双眸看起来更加有神。

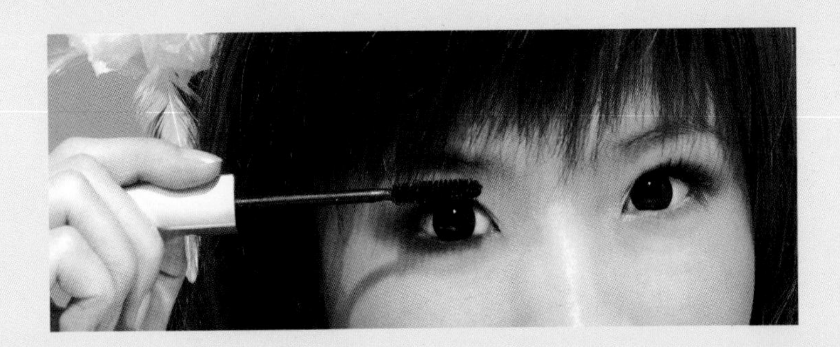

腮红

先打浅浅打一层浅粉色腮红，再打一层浅橘色腮红，叠加起来，晕染成团状。

Tips：橘色不要用得过多，以免显得臃肿。

唇妆

先涂上橙色口红，再涂一层浅橙色或无色唇彩，色调饱满，又不易脱妆。

发型建议

利用卷发棒将头顶做得自然蓬松，发梢向内微卷，营造温暖亲切的感觉。

着装搭配

方案一

白色泡泡袖的蕾丝上衣，搭配浅色小花底纹短裙和白色花朵装饰的凉鞋，邻家女孩儿的气质尽显。

配上白色蕾丝珍珠长项链，更加富于变化。

方案二

颜色柔和的蓬蓬裙和小半袖，搭配细银链小十字架项链和同款手链。

青涩柠檬糖

初出校园的小女生最适合这种打扮了，柠檬般青涩可爱，怯生生的，又偶尔露出纯纯的微笑，真是让人忍不住疼爱。

主要装备

浅金色眼影和米白色珠光眼影，纤长睫毛膏，橘色腮红，肉金色唇彩。

打造步骤

眼妆

A. 眉毛

使用比眉色浅一点点或与发色一致的眉粉，按照原有的眉型，用眉刷从眉头至眉尾轻轻刷过即可，突出清淡的小女生气质。

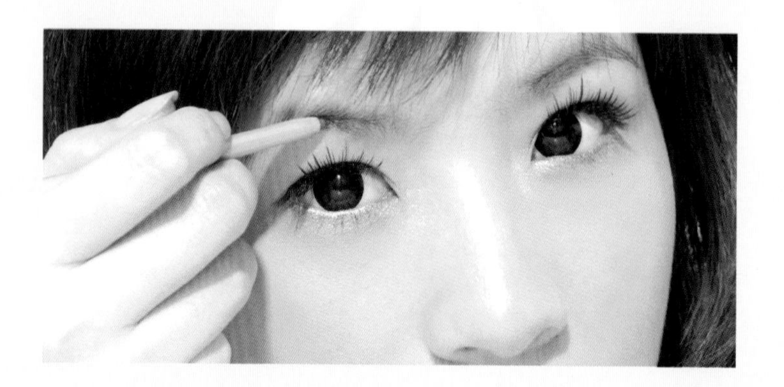

B. 眼线

用黑色或褐色眼线笔描画一条细细的上眼线，然后用手指或棉花棒将其轻轻晕开，使其更加自然。

C. 眼影

1. 用浅金色眼影作大面积的晕染。

2. 用米白色珠光眼影将瞳孔上方和眉骨处稍稍提亮，塑造立体感。用最小号的眼影刷细细描画细节部分。最后用手指轻轻推匀并整理，使眼影过渡自然。

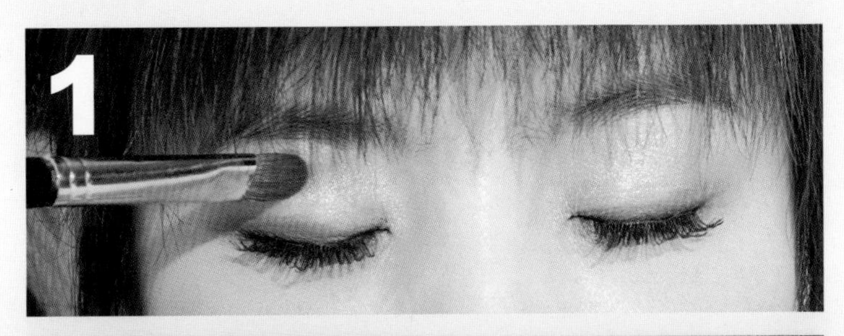

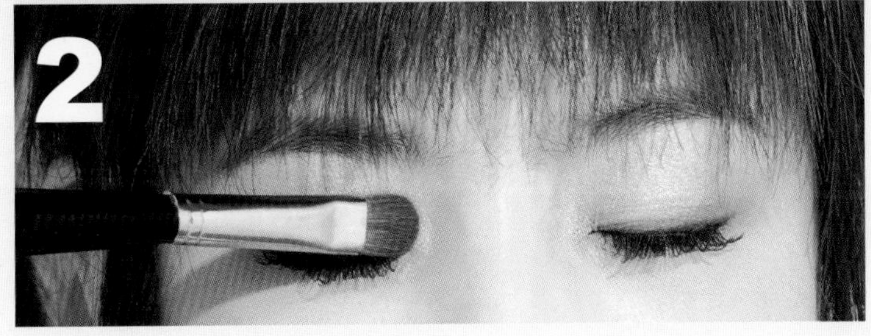

D. 睫毛

先用睫毛夹将睫毛夹得自然卷翘，然后选用纤长睫毛膏仔细涂抹，使双眸看起来更加有神。

腮红

选用橘色腮红，从笑肌处斜向后打到距鬓角两指处，晕染自然。

Tips: 腮红不要拉得太长，以斜椭圆形为宜。

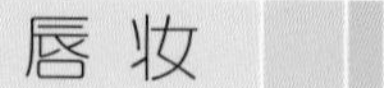

唇妆

选用肉金色唇彩，淡淡的色彩却有闪亮的效果，看起来很可爱。

发型建议

方案一

斜束起马尾，突出女孩的可爱活泼；直直垂下的刘海显得清纯而羞涩。

方案二

长发垂下，轻薄的侧分刘海和发梢，在回眸转身之际微微飘动，流露出少女独有的羞涩。

着装搭配

方案一

草绿色镂空无袖衫，以针织质地突出女孩儿涉世未深的感觉；深蓝色牛仔裤搭配白色系带凉鞋，随意而生动；搭配糖果项链和手镯，果味十足。

方案二

颜色对比鲜明又协调的浅色贴身上衣和深色百褶裙，搭配带立体花朵形状的耳坠。

香香密瓜糖

如果你聪明伶俐，调皮又可爱，那你一定十分适合这款妆容。以粉绿色系为主，搭配粉红或橙色，显得既聪颖又机灵。偶尔的一个小恶作剧后的微笑，一定让人又气又笑，忍不住揉揉你的小脑袋。

主要装备

粉绿色、金色、米白珠光眼影，粉红色腮红，淡粉色唇彩。

打造步骤

眼妆

A. 眉毛

使用比眉色浅一点点或与发色一致的眉粉，按照原有的眉型，用眉刷从眉头至眉尾轻轻刷过即可，突出清淡的小女生气质。

B. 眼线

用黑色或褐色眼线笔描画一条细细的上眼线，然后用手指或棉花棒将其轻轻晕开，使其更加自然。

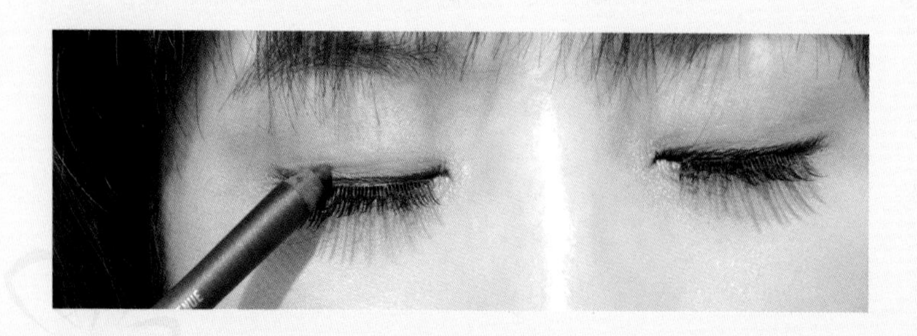

C. 眼影

用粉绿色眼影作大面积的晕染。用米白色珠光眼影将瞳孔上方稍稍提亮，塑造立体感。再将金色眼影涂于内眼角和眉骨处，再次强调立体感。用最小号的眼影刷细细描画细节部分。最后用手指轻轻推匀并整理，使眼影过渡自然。

D. 睫毛

先用睫毛夹将睫毛夹得自然卷翘，然后选用纤长睫毛膏仔细涂抹，使双眸看起来更加灵动。

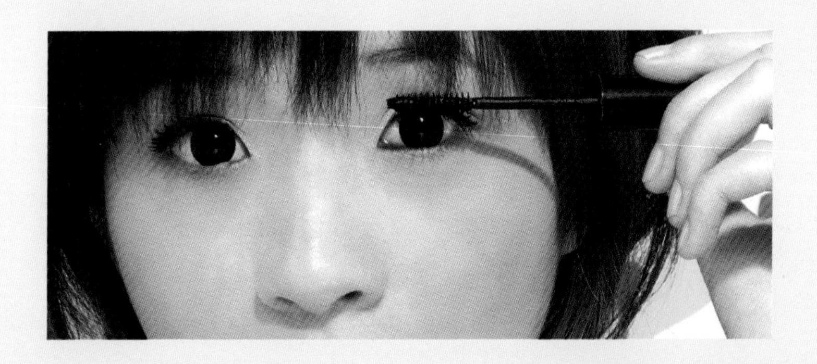

腮红

选用粉红色腮红，团状涂抹，晕染自然。

唇妆

选用浅粉色唇彩，与腮红一起调和整体妆容的冷暖色调。

发型建议

方案一

头顶部头发利用卷发棒或夹板做得蓬松一些，戴上发卡作装饰，喜欢复古风格的话可以多带两个不同形状的发卡混搭，另有一种俏皮的风情。

其余的头发分成两部分，编成两个小辫子，然后在每个辫股处稍稍拉出一点，增加活泼感。

方案二

犯懒的话，只要斜斜束起的小马尾，稍作打理，便能表达出女孩热情调皮的内心。

看装搭配

方案一

灰白条文无袖T恤，外套草绿色吊带上衣，混搭的风格凸现调皮的感觉，绿色体现出女孩儿聪慧的特质。

灰绿色西哈风格的 8 分裤加上白色帆布鞋，整体风格和色彩统一协调，个性十足。

方案二

横条纹T恤衫，吊带短裤，搭配个性大耳环。T 恤与短裤的颜色要深浅搭配，色差明显。

纯纯牛奶糖

白色是最适合清纯女生的颜色。如同牛奶般娇嫩甜美的妆容，在发型与服装的映衬下显得格外纯洁靓丽。

主要装备

白色珠光眼影和米白色眼影，浓密卷翘睫毛膏，桃粉色腮红，淡粉珠光唇彩。

打造步骤

眼妆

A. 眉毛

使用比眉色浅一点点或与发色一致的眉粉，按照原有的眉型，用眉刷从眉头至眉尾轻轻刷过即可。

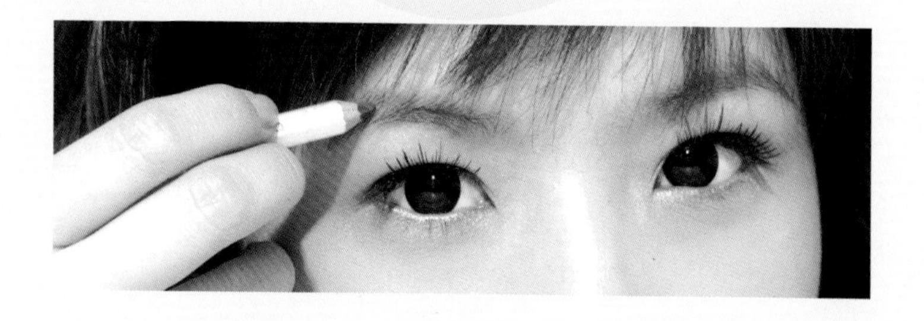

B. 眼线

用黑色眼线笔描画整个上眼线，然后用手指或棉花棒将其轻轻晕开，使其更加自然。

C. 眼影

用米白色眼影涂抹上眼皮，手指以“Z”字形轻轻从睫毛根处向上晕染，可使眼影与皮肤更加贴合，且过渡自然。将白色珠光眼影涂于内眼角，以上内眼角为主，下内眼角略加修饰，与上方相呼应即可。用最小号的眼影刷细细描画细节部分。最后用手指轻轻推匀并整理，使两色眼影过渡自然。

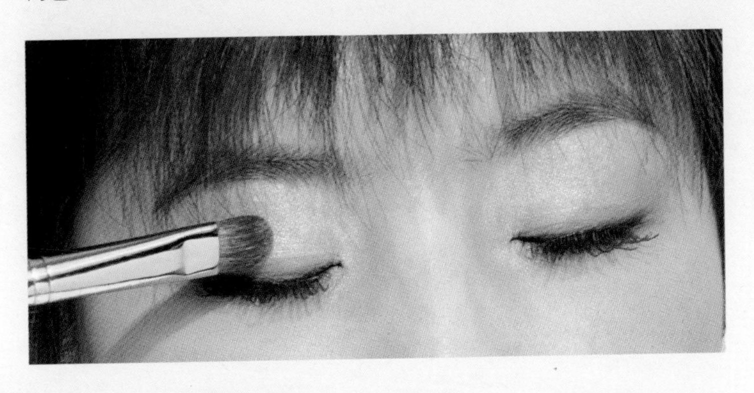

Tips：涂抹眼角的眼影时，要注意避开睫毛，不然很容易让你变成“白睫大侠”哦！可用小纸片或手指遮挡一下。

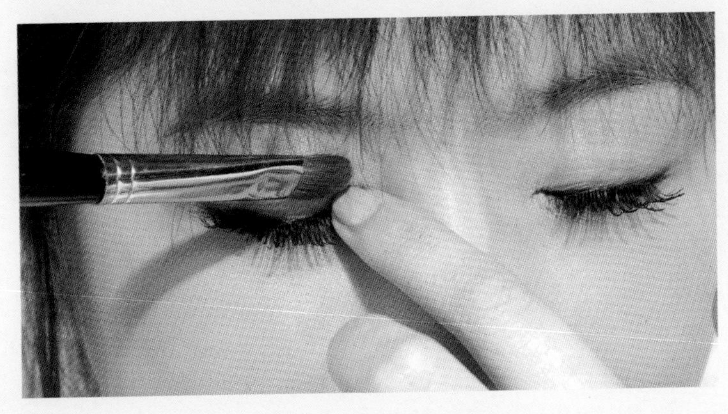

D. 睫毛

先用睫毛夹将睫毛夹得自然卷翘，然后选用有拉长效果的浓密卷翘睫毛膏仔细涂抹，使双眸看起来更加有神。

腮红

选用桃粉色腮红，在颧骨处呈团状晕染，增加可爱度。

唇妆

选用淡粉色珠光唇蜜，使双唇甜美动人。

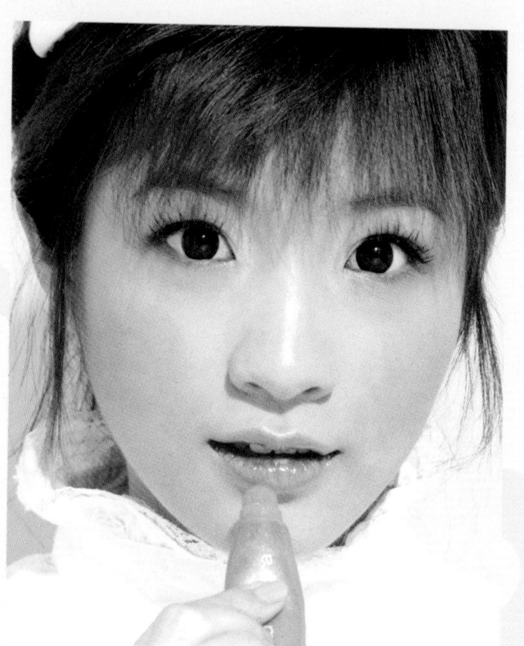

发型建议

方案一

将顶部头发做得自然蓬松，然后挑起上面一层刘海，用可爱发夹斜斜夹起。这样不但起到了装饰作用，还可以减轻刘海的负重感。

方案二

将头发梳理得服帖柔顺，戴上白色蝴蝶结或蕾丝发卡，十分可爱。

着装搭配

方案一

白色蕾丝高领衬衫，贴近脸颊的耀眼白色和可爱的蕾丝花边使人看起来更加纯洁；配以深色花边短裤和白色凉鞋，文静中增添了一丝俏皮，纯真的感觉立刻显现出来。

方案二

白色镶有大量蕾丝花边的公主三件套（衬衣、小外套、裙子），搭配白色小短靴，淑女味道十足，清纯，清纯，再清纯！

清凉薄荷糖

个性沉静内敛的你，最适合粉蓝色系为主的妆容了。湖水般沉静无瑕，柔和而内敛，动人心魄的气质表露无余。

主要装备

水蓝色和白色珠光眼影，浅粉色腮红，浅粉色唇彩。

打造步骤

眼 妆

A. 眉毛

使用比眉色浅一点点或与发色一致的眉粉，按照原有的眉型，用眉刷从眉头至眉尾轻轻刷过即可，突出清淡的小女生气质。

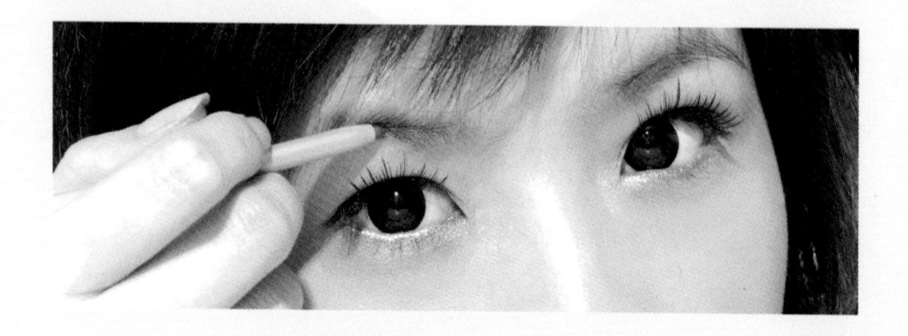

B. 眼线

用黑色或褐色眼线笔描画一条细细的上眼线，然后用手指或棉花棒将其轻轻晕开，使其更加自然。

C. 眼影

用白色珠光眼影作大面积的晕染。在瞳孔上方至眼角以“Z”字型从睫毛根向上淡淡晕染一层水蓝色眼影，与白色珠光眼影叠加，但不要完全覆盖。用最小号的眼影刷细细描画细节部分。最后用手指轻轻推匀并整理，使眼影过渡自然。

D. 睫毛

先用睫毛夹将睫毛夹得自然卷翘，然后选用纤长睫毛膏仔细涂抹，使双眸看起来更加生动。

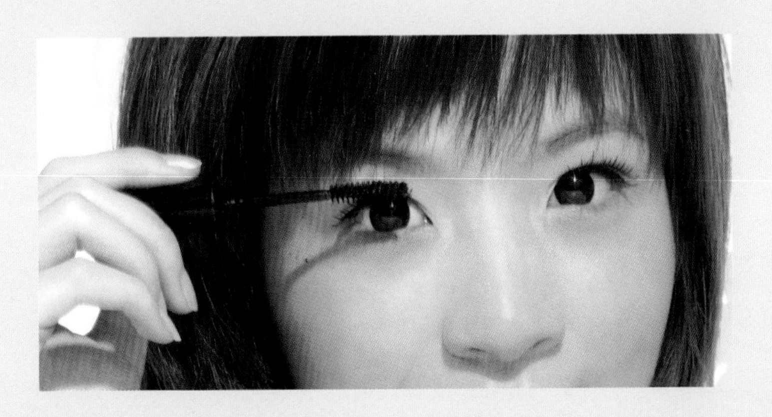

腮红

选用淡粉色腮红，从鬓角斜向前扫，面积可稍大，晕染自然。

唇妆

选用淡粉色唇彩，调和面部色调，以免过于偏冷。

发型建议

不加丝毫造作修饰的长发自然垂下，黑色秀发闪着柔和的光泽，更加突出主人公的沉静气质。

可搭配淡蓝色的可爱发饰，增添湖水般的沉静气质，又不失可爱。

看装搭配

方案一

白色带有黑白镂花吊带，搭配深蓝色多褶牛仔裤和白色帆布鞋，文静中略带活泼。

方案二

以白色或蓝色等冷色调为主的淑女裙装，带流水形坠子的细银项链，纯淑女的沉静感觉哦！

淡雅葡萄糖

略显成熟的粉紫色，一定是渴望成熟的你最想尝试的颜色。那么别犹豫，就来画一个淡雅的葡萄糖果妆吧，让你脱离小女孩儿的稚嫩，多一分成熟与自信。

主要装备

粉紫色、深紫色和白色珠光眼影、粉紫色腮红，浅粉紫色珠光唇彩。

打造步骤

眼妆

A. 眉毛

使用比眉色浅一点点或与发色一致的眉粉，按照原有的眉型，用眉刷从眉头至眉尾轻轻刷过即可，突出沉静的淑女气质。

B. 眼线

用黑色或褐色眼线笔描画一条细细的上眼线，然后用手指或棉花棒将其轻轻晕开，使其更加自然。

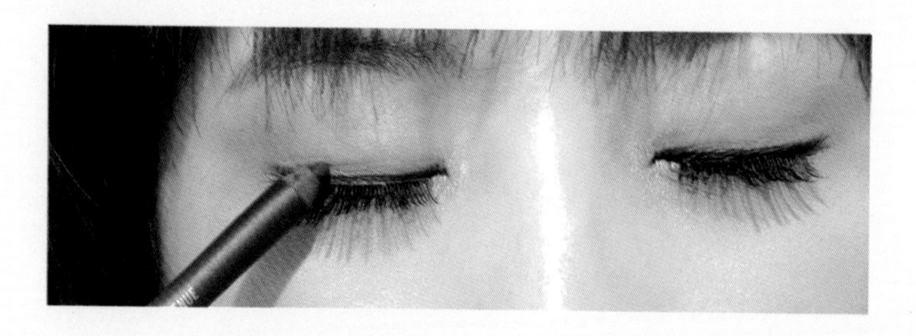

C. 眼影

用粉紫色眼影作大面积的晕染，强调成熟感。沿睫毛根处涂抹一层深紫色眼影，增加层次感。瞳孔上方与眉骨处用少许白色珠光眼影提亮。沿下眼睑中部至眼尾间涂少许粉紫色眼影，呼应整体妆容。用最小号的眼影刷细细描画细节部分。最后用手指轻轻推匀并整理，使眼影过渡自然。

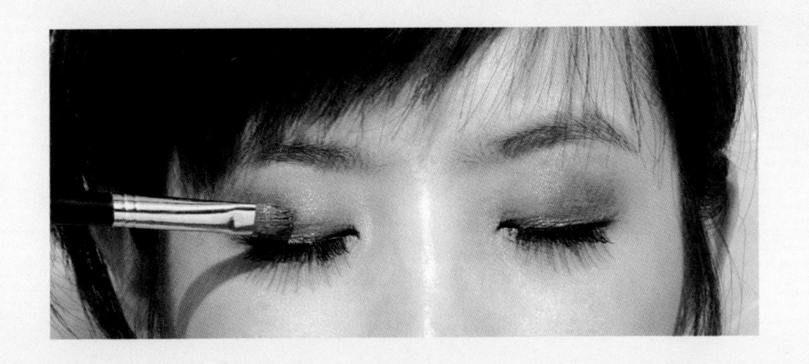

D. 睫毛

先用睫毛夹将睫毛夹得自然卷翘，然后选用浓密卷翘睫毛膏仔细涂抹，使睫毛更加浓密迷人。

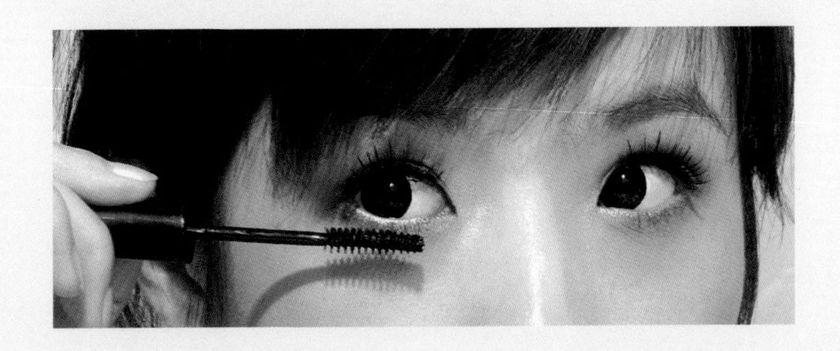

腮红

选用粉紫色腮红，从鬓角斜向前扫，晕染自然。

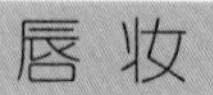

唇妆

选用粉紫色珠光唇彩，增加成熟度。

发型建议

充满浪漫气息的卷发，搭配侧分稍薄的直刘海，既有女孩的单纯，又向女人的成熟靠拢。

着装搭配

紫色波西米亚风格的长吊带尽显成熟风情，搭配深蓝色牛仔裤，又使成熟中略显女孩儿的青涩。

可搭配灰色毛皮无袖外套和灰格呢子短沿帽，毛茸茸的质感更有浪漫的味道。

PART4

香香帖心小建议

小脸技巧

第1招　底妆

使用三种与肤色接近的自然色粉底打底，利用“深色收缩，浅色膨胀”的原理，将稍浅的粉底涂抹在T字部位，稍深的涂抹在两颊，最深的涂在耳下两腮及眼窝等部位，造成视觉上的集中，缩小脸蛋的同时塑造面容的立体感。要将两种颜色的粉底彻底推匀，不能有明显的分界。另外颜色一定要找准，否则看起来像戴了面具，谁都知道你擦了粉。

将蜜粉薄薄地按压在脸上，然后利用刷子蘸取颜色比肤色深的蜜粉或修容饼，于下颌线补刷一道。可以用亮粉把鼻梁、眼睛下方、眉骨和下颌等部位再次提亮，注意衔接自然。

第2招　腮红

首先确定腮红的位置。用化妆笔连接眉峰、眼梢垂直向下，与颧骨的交点就是腮红的中心点，应是色彩最浓郁的位置。也可以用另外一种方法确定，微笑时，以脸颊的最高点为腮红的中心，在耳前至太阳穴间涂抹即可。

然后用腮红刷蘸取较深的腮红后，轻轻弹掉多余的色粉，避免上色过重，妆面不自然。如果是长形脸，可以用打圈的方式画团状腮红；若是圆形脸，则应横扫刷出斜向的腮红，以调和脸型。再蘸取颜色稍浅的腮红，同样弹掉多余的色粉，然后沿耳前至下颌角的方向涂抹。这样，腮红上深下浅，调和了脸型，让你的脸看起来小了很多。

涂抹时要充分揉开，让腮红与周围的色彩衔接自然，。最后用粉扑轻轻按压，使色彩完全服帖于肌肤。

第3招　画眉

将眉峰画得稍高一些，不要太长或太短，否则会使脸部轮廓看起来短而宽。最理想的长度是眉尾不超过一条从鼻翼经过眼尾到眉尾的 45 度延长线。眉峰则在眼珠外侧 3~5mm 处。

第4招　修唇

用唇线笔描绘出立体唇形，涂上比唇色略浅的自然唇膏，然后再涂上具有集中光线、强调唇部立体感作用的唇彩，利用唇部和脸部的色彩落差，使脸庞看起来玲珑有型。

第5招　服装和配饰

a.帽子。带帽檐，顶部宽松，像蘑菇伞一样的帽子。帽檐的投影会虚化面部轮廓，宽大的帽冠与面颊呈倒梯形，让脸颊看起来不那么突出，硬是小了一号呢！

b.衣领。选择宽大的领口，如鸡心领、船领、方形领等设计。高领口容易使人的视线集中到面部，选择大领口的衣服不但可以分散视线，还有模糊比例的作用。

c.饰品。利用长款耳坠修饰面部线条，也是非常实用的招数哦。

如何遮盖黑眼圈

黑眼圈的形成通常有两种原因，一种是因为长期熬夜，眼部血液循环减慢，血量增多从而增加了耗氧量。由于缺氧，使血红素大量增加，皮肤就呈现出青黑色。还有一种是由于长期日晒，使色素沉淀在眼周，造成茶青色的黑眼圈。另外，血液滞留造成的黑色素代谢迟缓，肌肤过度干燥等，也会造成黑眼圈。

较轻的黑眼圈，用轻薄的粉底液遮盖即可，具体方法是，以肤色为准，选择同色及比肤色稍暗的粉底调和出最自然的颜色，均匀涂盖在黑眼圈处，轻轻压实，使其与肌肤充分融合，再薄薄扑上一层蜜粉即可。

较重的黑眼圈，就要用遮瑕膏遮盖了。青黑色的黑眼圈应选择偏黄的遮瑕膏，茶青色的黑眼圈应选用偏粉的遮瑕膏。如果因为熬夜，黑眼圈还略微发红，则应选择偏绿的遮瑕膏。均匀涂抹完遮瑕膏后，也要轻轻涂上一层蜜粉，使遮瑕膏与肌肤融合得更自然。

消除眼部浮肿

眼部浮肿会使眼睛平白无故小了一号，也影响美丽的心情。可以利用不同色泽的眼影的搭配消除浮肿的尴尬哦。

涂抹上眼睑时应避免使用粉红色和白色，那会使眼睛看起来更肿，应选择最具自然感的棕色或灰色系，由眼睑至上晕染出由深变浅的层次感。下眼睑可适当用白色或银色提亮。然后再描绘出一条细细的眼线，消除浮肿的视觉效果。

夹睫毛的技巧

配合眼部轮廓，从睫毛根部夹起，分睫毛根、睫毛中段、睫毛梢三步，夹出自然弧度。每次用力后，要停留5秒钟再向上移动。移动时，眼睑不要动，轻轻抬高手肘，用肘部动作改变睫毛夹的角度，这样夹出的弧度才自然。

想要使卷曲效果更持久可以先将少量发蜡涂在睫毛上，干后再用睫毛夹夹。也可以先将睫毛夹用吹风机略微加热，夹出的效果同样持久。使用发蜡的话要避免去高温的地方，或者天气太热，否则发蜡容易融化，掉进眼睛里。

最好不要在涂睫毛膏后再使用睫毛夹，因为睫毛膏有可能会沾在夹子上，并在你松开夹子时把睫毛拉出。

快速补妆

早上出门前精心雕饰的妆容，一到下午就毁坏殆尽了。不但脸上油油的，睫毛膏也晕开了，唇膏也掉了……下班后还要去约会的话，就这样跑去可是会把人家吓坏的。香香我呢，因为工作的关系，对快速补妆的技巧可是颇有心得哦！

a.洁面。先用干净的面巾纸把脸上的汗水和灰尘擦掉，再用吸油力强、柔软度高的吸油纸吸掉额头、鼻翼、唇周的浮油。

b.补粉底。用略湿的海绵蘸取粉底，每次少蘸一点，一点一点地按敷上去，以免粉底补得太厚。

c.清除惨妆。用干净棉签擦去晕开的眼影和睫毛膏，以及模糊的唇线等等看起来不干净的地方。如不好擦可将棉签略微蘸湿。

d.补妆。重新用眉笔、眼影、睫毛膏、口红等修饰面容。

保持妆容持久的不二法门

即使手头没有持久性彩妆，只要运用一些简单的小技巧，也是可以画出不易脱妆的妆容的。

1.粉底持久

用粉底霜或粉底液上妆，最好用海绵以垂直轻弹的方式，让粉底与皮肤更加融合。如果用干湿两用粉底上妆，应先用八分干的海绵上妆，然后用干海绵再上一次，之后不用再使用蜜粉。

2.蜜粉持久

先用粉扑蘸取适量蜜粉，拍打面部各处，再以按压方式上蜜粉。

3.眉毛定型

少许水分可以使眉粉不易脱落。画好眉型后，将眼影笔蘸点水，甩掉大部分水分，只留一点点湿意，然后再去蘸眉粉，顺着眉毛的形状刷好眉型。

4.眼影持久

与眉毛定型的原理一样，用眼影刷或眼影棒蘸少量的水，甩掉多余水分，只余些许湿意，然后蘸取眼影粉，以按压的方式上妆。

5.眼线持久

先在眼线部位上一点米粉，画好眼线后，在眼线上再盖一层眼影粉，可以让眼线更持久。

6.腮红持久

上完粉底后，用手指蘸取膏状腮红，淡淡地在颧骨处晕匀后上蜜粉，最后上与膏状腮红颜色相近的粉状腮红即可。

卸妆的技巧

晚上回到家里，要让敷了一整天化妆品的面部“透口气”才行，必须彻底清除面部污物和彩妆，避免彩妆对肌肤产生危害。掌握卸装的技巧，可以让卸妆的工作更快速更彻底。

1.卸除眼妆

如果使用的不是防水睫毛膏，可以用化妆棉蘸取专用卸妆液，在眼部轻按3秒，让卸妆液充分地溶解睫毛膏、眼线和眼影，然后顺着眼部皮肤的肌理，按右眼顺时针，左眼逆时针的方向清洁。清洁按摩后，用面巾纸或化妆棉擦拭干净。若睫毛膏是防水的，要先将面巾纸或化妆棉用剪刀剪成条状，折一下轻轻地放在下眼皮处，用棉签蘸取专用卸妆液，轻轻地在睫毛根处停留5秒，然后顺着睫毛自上而下清理。下睫毛和下眼线可用棉签蘸取眼部卸妆液做局部清洁。

2.卸除唇妆

用化妆棉蘸取专用卸妆液，轻敷双唇数秒，等卸妆液将唇膏融化后，再用化妆棉横向擦拭唇部。

3.卸除粉底和腮红

将卸妆乳均匀地涂于面部、颈部，自下而上以打圈的方式轻轻按摩。感觉洁净后用面巾纸或化妆棉擦拭，直到没有粉底颜色为止。卸妆后要用性质温和的洗面奶再次清洗，然后自己做一遍护肤。

Tips：

1.用透明润唇膏可以轻松卸除珠光眼影、唇膏和亮片等，既方便又不伤害肌肤。

2.若睫毛上涂了好多层睫毛膏，变得很干硬，不好卸除，可蘸取少量润肤乳涂于睫毛上，停留一会，睫毛就会恢复柔软，此时再按照正常流程卸装就容易多了。

结语

好兴奋哦，终于完成了，我要告诉给大家的所有关于糖果妆的技巧，都已经叙述完毕，看到这里，不知道对你是否有所帮助和启发？嗯，我还是希望每个女孩子都美美的，用最漂亮的妆容和心情，妆点最美好的生活。

这本书的写作完全是利用业余时间，其间不免仓促和疏忽，细心的你们如果发现了，请记得一定要写信告诉我哦，我会在书再版时及时修正的。

感谢所有传授我化妆经验的化妆师们，让我有机会用他们教给我的知识和技巧，去帮助更多的女孩子们学会美丽；感谢许许多多的工作人员，为这本书的出版，付出了很多辛苦和努力；感谢正在看这本书的你们，希望大家的明天都会更加绚烂多姿。

爱你们的香香

音乐小精灵香香公主小档案

艺 名：香　香
姓 名：王瑾玫
英文名：KIMI
性 别：女
民 族：汉　族
生 日：6月14日
星 座：双子座
血 型：B
身 高：163厘米
体 重：44公斤
籍 贯：湖　南
个 性：直爽、开朗
优 点：乐观、不记仇
兴趣爱好：唱歌、上网
语言能力：普通说、粤语
最崇拜的歌手：自己
最崇拜的主持人：吴宗宪
最喜欢的季节：秋天
最喜欢的节日：情人节
最喜欢的颜色：黑、白、淡绿
最喜欢的国家：中国
最满意的部位：眉毛
最喜欢的动物：狗狗
最喜欢的口味：辣
最讨厌的事情：被骗
合 辑：《老鼠爱大米》、《哎哟哎哟对不起》
专 辑：《猪之歌》、《香飘飘》
香香中文网：www.xxmusic.cn

香香大事记

2004年

8月 签约北京世纪飞乐影视传播有限公司

11月 《老鼠爱大米》合辑发布

2005年

1月28日 发行首张专辑《猪之歌》

9月16日 《哎哟哎哟对不起》EP单曲发布

2006年

6月14日 发行第二张专辑《香飘飘》

星光荣耀

2005年3月12日："广州音乐先锋榜"最佳网络歌手奖

2005年5月22日："第五届华语音乐传媒大奖"最佳网络歌曲

2005年5月27日："中国原创音乐风云榜"年度网络最具人气女歌手

2005年7月16日：第一届"马来西亚全球华人金艺奖"最受欢迎网络歌手奖

2005年7月22日：第二届广州粤港未来巨星奖

2005年08月06日：香港新城国语新势力歌手

为"金地"珠宝首饰做代言人

为"小家伙"健康饮品做代言人

为网络游戏"热血江湖"做代言人

为深圳"彩奇诗"保暖内衣做代言人

为中国第一本正版电子音乐杂志做代言人

《老鼠爱大米》电视剧友情客串演出

担任中国联通"丽音使者"

担任南方电视台TVS-3"敢拼才会赢"主持人

出席张艺谋《千里走单骑》电影首演发布会嘉宾 等等

2005年部分历程

1月31日：首笔收入捐助患血癌儿童

3月2日：参加黑龙江卫视 "开心擂台"

4月8日：参加由华娱与中国电信联合举办的"星耀天下网聚光华"大型综艺晚会

4月19日：参加"热血江湖之夜"大型宣传SHOW

5月1日：参加中央电视台“同一首歌·卡拉OK大家唱”
5月18日：参加新浪“2005网络歌曲排行榜全国校园巡演”活动
6月8日：参加中央电视台“神州音画”节目
6月14日：参加香港红馆大型电视晚会“情系两岸 相约东南”
6月17日：参加凤凰卫视杨澜主持的“天下女人”
6月22日：参加凤凰卫视“鲁豫有约”
6月22日：参加首都体育馆“把爱心奉献给孩子”大型情景晚会
6月30日：参加北京世纪坛“迎奥运会”晚会
7月18日：参加“同一首歌·走进哈尔滨”
7月19日：参加中央电视台“想挑战吗”
7月21日：参加中央电视台十套“讲述”节目
7月30日：参加“同一首歌·走进温江 相约花博会”
8月09日：参加北京电视台“公益歌曲大擂台“
9月01日：参加中央电视台“中华情·走进济宁”
9月19日：参加中央电视台“音画时尚”朝阳公园录影
9月21日：广州南方电视台TVS-3栏目“敢拼才会赢”做主持人
10月16日：参加“同一首歌·邮电大学”
10月21日：参加“东芝动物乐园”录影
12月2日：参加北京电视台“爱宠栏目”访谈
12月6日：参加首都体育馆“同一首歌”
12月13日：参加湖南卫视“娜可不一样”录影
12月13日：参加“欢乐总动员”特别节目
12月29日：参加华娱卫视新年晚会 等等

2006年部分历程

1月10日：担任中国金唱片嘉宾评委
1月11日：参加北京电视台“公益歌曲大擂台”
1月15日：参加中央五套春节特别节目
1月15日：参加中央七套春节特别节目
1月17日：参加北京电视台春节晚会
1月23日：参加中国教育电视台春节特别节目
5月18日：参加中央电视台“中华情·情艺在线”录影 等等

美妆汉英小词典

1.世界知名化妆品

ANNA SUI	安娜·苏
AVON	雅芳
Avene	雅漾
Biotherm	碧欧泉
Borghese	贝佳斯
BOBBI BROWN	芭比布朗
Chanel	香奈儿
Christian Dior	迪奥（CD）
Clarins	娇韵诗
Clinique	倩碧
DECLEOR	思妍丽
Estee Lauder	雅诗兰黛
Guerlain	娇兰
Helena Rubinstein HR	郝莲娜
H_2O+	水之奥
IPSA	IPSA
JUVEN	柔美娜
Kanebo	嘉纳宝
KOSE	高丝
Lancome	兰蔻
L’Oreal	欧莱雅
LG DeBON LG	蝶妆
Max Factor	蜜丝佛陀
MAC	MAC
MAYBELLINE	美宝莲
Nina Ricci	莲娜丽姿
Olay	玉兰油
Revlon	露华浓
RMK	RMK
Rutina	若缇娜
Shiseido	资生堂
Sisley	希思黎
VICHY	薇姿
Yve ssaint laurent	依夫·圣罗郎（YSL）
ZA	姬芮

2.护肤专业术语

Acne/Spot	青春痘用品	Normal	中性皮肤
Active	活用	Nutritious	滋养
After sun	日晒后用品	Oil-based	油基
Alcohol-free	无酒精	Oil-control	抑制油脂
Anti-	抗、防	Oily	油性皮肤
Anti-wrinkle	抗老防皱	Pack	剥撕式面膜
Balancing	平衡酸碱	Peeling	敷面剥落式面膜
Clean-/Purify-	清洁用	Remover	去除、卸妆
Combination	混合性皮肤	Repair	修护
Dry	干性皮肤	Revitalize	活化
Essence	精华液	Pore cleanser/striper pore refining	去黑头
Exfoliating Scrub	去死皮	Scrub	磨砂式(去角质)
Facial	脸部用	Sensitive	敏感性皮肤
Fast/Quick dry	快干	Skin care	护肤
Firm	紧肤	Solvent	溶解
Foam	泡沫	Sun block	防晒用
Gentle	温和用	Toning lotion	化妆水
Hydra-	保湿用	Treatment	修护
Lip care	护唇用	Wash	洗
Long lasting	持久性	Waterproof	防水
Milk	乳	water-based	水基
Moisturizer	保湿	whitening	美白
Mult-	多元		

3.护肤品

洗面奶: facial cleanser/face wash

爽肤水: toner/astringent

紧肤水：firming lotion

柔肤水：toner/smoothing toner（facial mist/facial spray/complexion mist）

护肤霜: moisturizers and creams

隔离霜/防晒：sun screen/sun block

露：lotion

霜：cream

日霜：day cream

晚霜：night cream

面膜: facial mask/masque

眼膜: eye mask

口红护膜：Lip coat

磨砂膏: facial scrub

润肤露（身体）: body lotion/moisturizer

护手霜: hand lotion/moisturizer

沐浴露: body wash

4.化妆工具及其他术语

工具: cosmetic applicators/accessories
彩妆: cosmetics
化装包: cosmetic bag
粉刷: cosmetic brush, face brush
粉扑: powder puffs
海绵扑: sponge puffs
眉刷: brow brush
眼影刷: eye shadow brush/shadow applicator
睫毛夹: lash curler
口红刷: lip brush
胭脂扫: blush brush
转笔刀: pencil sharpener
电动剃毛器: electric shaver-for women
电动睫毛卷: electric lash curler
描眉卡: brow template
纸巾: facial tissue
吸油纸: oil-Absorbing Sheets
化装棉: cotton pads
棉签: Q-tips
遮瑕膏: concealer
修容饼：Shading powder
粉底: foundation (compact,stick)
液体粉底:Liquid Foundations
膏状粉底:Cream Foundations
粉状粉底:Powder foundation
双效粉底:Dual active foundation
粉饼: pressed powder
蜜粉：loose powder
闪粉：shimmering powder/glitter
眉粉: brow powder
眉笔：brow pencil
眼线液（眼线笔）：liquid eye liner, eye liner
眼影: eye shadow
睫毛膏: mascara
唇线笔: lip liner
唇膏: lip color/lipstick（笔状 lip pencil，膏状 lip lipstick，盒装 lip color/l ip gloss）
唇彩: lip gloss/lip color
腮红: blush
卸装水: makeup remover
卸装乳: makeup removing lotion
帖在身上的小亮片: body art
指甲: manicure/pedicure
指甲油: nail polish/color/enamel
去甲油：nail polish remover
护甲液：Nail saver
洗发水: shampoo
护发素: hair conditioner
锔油膏: conditioning hairdressing/hairdressing gel /treatment
摩丝: mousse
发胶: styling gel
染发: hair color
冷烫水: perm/perming formula
卷发器: rollers/perm rollers

华文图景

总 策 划：蒋一谈
总 监 制：王恒中

项目统筹：熊猫儿
文案统筹：李 妍
图片摄影：陈华琛
化妆咨询：云 峰
图片统筹：华文图景
图文编辑：李 妍
设计协助：商子庄
设计总监：阿 壮
美术编辑：张 瑶/曹 娜

定价：20.00元

定价：20.00元

定价：20.00元

定价：22.00元

定价：28.00元

定价：22.00元

定价：29.80元

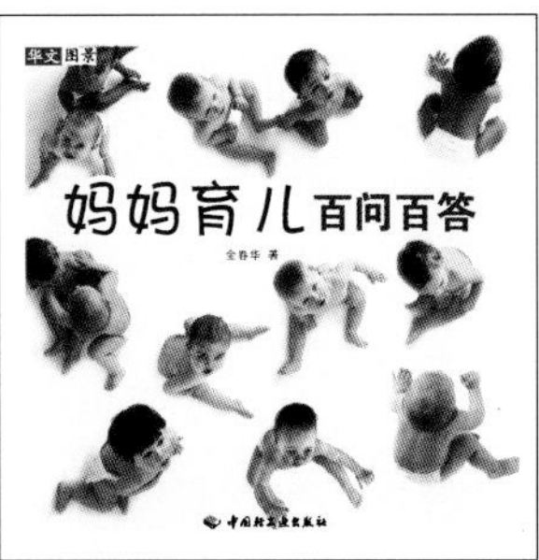

定价：22.00元

定价：38.00元

定价：25.80元

定价：25.80元

定价：25.80元

定价：22.00元

定价：22.00元

定价：25.80元

邮购须知

一、邮局汇款

1.收款人地址：北京市东长安街6号中国轻工业出版社发行部

2.收款人姓名：读者服务部收

3.邮编：100740

4.请务必用正楷准确填写汇款人详细地址、姓名、邮编和联系电话，确保您能及时收到图书

5.汇款人附言栏内请写明您所购图书的书名、定价、册数（如需发票请注明）

二、银行汇款

1.开户行：工商行北京东长安街支行

2.账号 020005341 901 441 4793

3.开户名称：轻工业出版社发行部

4.请汇款后将汇款凭单复印件、收件人名称、地址、邮编、订购图书的书名、联系电话一并传真至010-85111730

三、其他

1.特别注意：每份订单加收5.00元邮挂投递费

2.如询问优惠促销详情请致电：

010-65241695　010-85111729

或登录 http://www.chlip.com.cn 查询

图书在版编目(CIP)数据

香香教你糖果妆／华文图景企划．—北京：中国轻工业出版社，2007.1

ISBN 978-7-5019-5760-6

Ⅰ.香... Ⅱ.华... Ⅲ.女性—化妆—基本知识 Ⅳ.TS974.1

中国版本图书馆CIP数据核字（2006）第146434号

香香教你糖果妆

责任编辑：李 妍 责任终审：唐是雯
责任校对：燕 杰 责任监印：胡 兵 张 可

出版发行：中国轻工业出版社（北京东长安街6号，邮编：100740）
印 刷：北京画中画印刷有限公司
经 销：各地新华书店
版 次：2007年1月第1版第1次印刷
开 本：787×1092 1/16开 印张:9.5
字 数：142千字
书 号: ISBN 978-7-5019-5760-6/TS·3350 定价:32.00元
读者服务部邮购热线电话：010-65241695 85111729
传真：010-85111730
发行电话：010-85119845 65128898 传真：010-85113293
网 址：http://www.chlip.com.cn
Email:club@chlip.com.cn
如发现图书残缺请直接与我社读者服务部联系调换
61010S3X101ZBW